JN232949

W.C.
使用中
ギルティ　原作
萬屋MACH　著
真木八尋　画
PARADIGM　NOVELS 106

登場人物

河屋《かわや》ユレイン　泌尿器科の看護婦。カナダ生まれのハーフ。

御手洗《みたらい》郁美《いくみ》　19歳の学生。緊張からくる失禁癖に悩んでいる。

W.C.ニコルソン　日夜トイレを研究しているトイレット博士。

流雪子《ながれせつこ》　ビル1階の進学塾「御鳴学院」に通う女子校生。

羽場狩翔子《はばかりしょうこ》　センチュリービル最上階に住むオーナー夫人。

土肥麗香《といれいか》　キャンギャルなど仕事をしている。便秘が悩み。

揚足馬《ようたすま》　アソコが痛いのを、運良くユレインに助けられる。

盗撮男　センチュリービルの全トイレをナワバリとしている。

女医　那蛇リンダ矯正泌尿器科の女医。ユレインとはレズ。

郁美

麗香

目次

「ニオイマ～ス。このビルディング、とってもクサイデ～ス」

草木も眠る丑三《うしみ》つ時。男は、とある7階建てビルの前に立っておりました。

その紳士、2メートルに達しようかという身の丈に、あたかもプロレスラーの如《ごと》き筋骨隆々とした肉体の持ち主。髪の毛の色は山吹色。眼は青く爛々《らんらん》と輝き、異様な殺気を放っている様子。

手元の資料に拠りますとこの紳士、屈強なる肉体をオリーブ色のサバイバルルックに包むというワイルドな外見に反し、博士号を取得する程の明晰《めいせき》な頭脳も持ち合わせているとか。

「NOO！　とってもとってもクサイデス。放ッテはオケマセ～ン！」

何が臭いのかは知らねど、紳士は人気の無い深夜のビルに入って行きました。そのビルの名は、ウィル・センチュリー・ビルディング。

このビルで一体どんな事件が巻き起こるのやら？　そんな事、神様だって知ったこっちゃない。

和服美女　泣き濡れた秘裂

彼女の名は御手洗郁美《みたらいいくみ》。美少女……と言っていいであろう、決して大人びてはいない、どこかオドオドした感じの19歳の娘である。

藤色のちょっと高そうな着物に、碧《みどり》がかった髪の毛も結い上げている。そんな純和風のいでたちで、このムチャクチャくそ暑い盛夏の真っ昼間に日傘を差して、彼女は静々と駅前通りを歩いていた。


…………………………………………。

…………………………あのぉ……………私……改めて思ったんですけど……職業別電話帳って……本当に、色んな種類のお店が載ってるんですね……。便利って言うか……お節介って言うか……………。

あ……私、先程ご紹介に与りました、御手洗郁美って言います。十九歳の学生です。今は夏休みで授業が無くて、趣味で習ってる茶道教室の帰りです。

私の実家が古い名家なもので、習い事は小さい頃からアレやコレやとやらされてました。それらは全て親に強制されて習ってたんですけど……私自身、嫌だと思った事はありません。でも、今習ってるお茶は、自分から進んで始めたんです。和服を着てるのも、一応は自己主張のつもりなんですけど……。

……あぁ、ゴメンナサイ。電話帳の話でしたよね。

その……………私……………ちょっと、病気って言うか……………ある体質の事で……………ずっと前から病院に行くべきかどうか迷ってたんです……。それで……一ヵ月ぐらい前に試しに電話帳で調べてみたら……………………あったんです、私の捜してる病院が。それも茶道教室の近くにです。広告に〝職員は女性のみ〟って書かれてたんで決めました。

でも、すぐには行く気になれなくて………。一ヵ月考えて…………。今日、やっと診察を受ける決心をしたんです。

茶道教室から結構歩きましたけど……確かこの辺の筈《はず》です……。〝うぃる・せんちゅりい・びるでぃんぐ〟という名前で、七階建ての建物がそうなんですけど……どれがそうなのかしら？　〝御鳴《おなる》学院〟って進学塾があるけど……ここがそうかしら？…………きょろきょろ。

「何してるんですか？」

へ、あっ！……じょ、女子校生らしき女の子に睨《にら》まれてる。多分この塾の生徒さんと思われる、眼鏡をかけた背広姿の女性が、入口の所に立って私を見ています。私、不審人物だと思われたのかしら？

でもいいわ、この方に訊《き》いてみましょう。

「あ、あの……〝うぃる・せんちゅりい・びるでぃんぐ〟って、どちらでしょうか……？」

「それならココですけど」

「そ、そう。ありがとう、助かったわ」

よく見ると、通路の奥の方に案内板がある。四階に目的の病院の名前が書いてあるじゃない。私に注意力が足りなかったのね。

「…………フン！」

……あ……何か、今の女の子が軽蔑《けいべつ》の眼差しを残して、塾の中に入って行ったわ。

……ひょっとして、私が四階の病院に診察を受けに来たって勘付かれたのかしら!? やっぱり、行くのやめようかしら…………………。

ううん、せっかくココまで来たんだから、気を取り直して昇降機に乗りましょう！ 私は昇降機に乗って、四階にある病院に行って参ります。

扉が閉まって昇降機が上昇し始めます。……そろそろ、私の病気の正体をお話しなければいけませんね。…………その…………私が患っている病は………………

……………………………………………………………………………………………。

ああっ、やっぱり言えません。自分の病気の話を、他人になんて話せません！ 親にも……親友にだって言えなかったのに……見ず知らずの、こんな猥褻《わいせつ》な書物を買ってる人になんて、私の秘密を知られたら……私……どうすれば！

御手洗郁美ちゃん、エレベーターに乗り込んで1人で騒いでます。

でも、この女どこか変です。文中にやたらとリードが入るし、エレベーターの事を昇降機なんて言ってました。服装だけでなく、中身もちょっと変わった人のようです。

そうしているうちにもエレベーターはチーンと4階に到着して、左右に扉が開きます。郁美ちゃん、慌ててフロアーに出て来ました。そのエレベーターの真正面には〝那蛇《なじゃ》リンダ矯正泌尿器科〟とデカデカ書かれた看板が掲げられています。


……………泌尿器科？……郁美ちゃん、泌尿器科に用があったのね、フ〜ン。


………気のせいか、何やら中断が入ったように思いますが、再び御手洗郁美です。

外の暑さが嘘《うそ》みたいに、建物の中は冷房が効いてます。………それで……その病院なんですけど…………看板で、分かっちゃいましたよね。

すみませんでした。さっきは、変な事言っちゃって………。正直に言います……。私がずっと診察を受けようかどうか迷っていたのは…………泌尿器科の病院です。

で、でもっ！……変な、性病なんかじゃなくて…………あの…………そのぉ……………………。

や、やっぱりやめよう！　別に……病気じゃないんだし、治さなくたって日常生活に支障はないんですから。……現に今まで無事に生きてこれてるんだから。

うんそうよ。わざわざ自分の恥を他人様に公表する必要なんてないんですから。帰りましょう！　絶対入るべきじゃないわ！

昇降機の下降鍵を押して……地上に戻るのよ。………早く昇降機が来ないかしら……来ないかしら…………………。だけど………この前みたいになったら嫌だし………。

もう、三ヵ月前になるんですけど……。私………とっても素敵な男性と、逢引《あいび》きをしたんです。凛々《りり》しくって、美男子で優しくって、奥ゆかしい、責任感のある、私が通ってる大学の講師をしてる人でした。そんな人が、私の色んな塾に通った経験に興味を持って下さって………校庭や外の喫茶店で、毎日のようにお話ししました。

私、自分で分かりました。会う度に、この胸がドキドキときめくのを。だから……私から、彼を陶芸教室に誘ったんです。でも、陶芸なんてただの口実でした。……私は、彼と逢引きがしたかった。少しでも二人きりの時間が欲しかった。そこで、初めて気が付いたんです。今までの私は内向的すぎた事と……自分の身体が……大人の女の身体になってるんだって事を……。

………でも、出ちゃったんです。彼と……生まれて初めて男の人と逢引きをしたその時に。あの日、待ち合わせで彼と会って、十分で来ちゃったんです、私の悪癖が。どうにか我慢しようと努力したんですけど………ダメでした。

私、何も言わずに彼を置いて、その場から逃げ出しました。その後も、学校で彼と顔を合わせても、顔を背けてしまいます。

全部……全部私が悪いんです。私、病気なんです！　そうよ、やっぱり私は病気なんです。早く治さないと、男の人と逢引きも出来ないんだから。

…………何の病気かって言いますと…………その…………………オ…………オシッコが…………………………。ああぁ、恥ずかしがってる場合じゃないわ。悪い病気はさっさと治療して、私の人生を変えるんですから！　いざ泌尿器科よ！

…………あ……でもやっぱり……今日はやめとこうかな……？　もう暫《しばら》く考えて……………それから出直して来たって構わないんだし…………。

あああっ!!……………………………………………そんな事考えてたら……催してきちゃった……。どうしよう……どうしよう…………。

あ………通路の奥に洗面所がある。渡りに船だわ、アソコを使わせてもらおっと。急がなくちゃ……急がなくちゃ……。

「ハ〜イおねえさん、さっきからウチの病院の前で何をうろうろしてるんですか？」

え？　か、看護婦さんだわッ！　病院から看護婦さんが出て来て、私を呼びとめてる。非常に辛《つら》い状況だわ、何とかゴマカさなきゃ。

「え……あ………。べ、別に何でもありません……」

……でもこんな人がココの看護婦さんなの？　異人さんみたいな顔してるけど……。御髪の色が金色で……体型も女王蜂みたいに豊満で羨《うらや》ましい…………。って、そんな事どうでもいいわ！　ここはひとまず退散して、下の階の洗面所に行きましょう。…………昇降機、昇降機…………。

「いいんですよ、分かってますから。泌尿器科に入るのが恥ずかしいんでしょう？　でも、お客さんみたいにうろたえる方も珍しいですけどね」

看護婦さんがまだ私に話しかけてきます。あっちに行って下さいッ！　あぁ、何で早く来ないの昇降機！…………漏れそうなのにぃッ！

「ち、ち、違いますってば！　私はそんな下の病なんか患ってません！」

「じゃあどうしてウチの病院の中を覗《のぞ》き込んだりしてたんですか？」

ギクッ！

「の、覗き込んだりなんかしてませんってば！……お、降りる階を間違えただけです！」

「今帰ったら、お客さんの病気は一生治りませんよ～。ほら、周りを見て下さいな。……誰にも見られてないでしょう。ウチは女性でも入り易いと評判なんです。さぁ、どうぞ」

そんな強引な勧誘して、きっとココは危ない病院なんだわ。益々もって入るもんですか！　断固逃げるのよ！

あっ、昇降機が来たッ！

「こっちですよ、お客さん！」

「キャッ！……ちょっと、やめて…………離して下さい！」

何なのこの人！　私の手を掴《つか》んで病院の中に……アアアアアァァッ!!　ああああん、悪徳病院の中に引き込まれて行くぅううぅぅうううぅッ！

「先生、クランケをお連れしました」

な、な、何なのッ!?　もう、診察室まで連れて来られちゃってるわ！　見た目は普通の病院と変わらない診察室だけど……産婦人科みたいな脚を広げる診察台があるのが恐い感じ。

はっ……黒革の椅子《いす》に、白衣を着て眼鏡をかけた女性がいる。この人がお医者様なのね。

その椅子がくる〜っと回って…………こ、こっちを向いたわぁッ！

「ご苦労様。…………で、どうしました？」

…………。

お、お歳は結構いってそうですけど、割と美人な先生です。真っすぐな髪の毛が、利発そうな雰囲気を醸し出しています……。

でもダメッ！　どんな先生だろうと私は脱出を図るんです！

「当那蛇リンダ矯正泌尿器科にいらっしゃったからには、もう安心です。下着を脱いで、そこの診察台でガバッと脚を広げて座って下さい」

「ち、違うんです！　私は病気なんかじゃありません！」

「フフフ……医者の目を欺けるとでも思ってるんですか？　私には分かります。貴女の命は、持って半年」

「ええっ！　そんな…………………………」

やっぱり、専門家には分かってしまうのかしら……。どうしよう、どうしよう、どうしよう、どうしよう、どうしよう、どうしよう、どうしよう！

「ひどい汗ね。落ち着いて。そして勇気を持つのです」

え…………。あ……先生が、私の手を握って…………菩薩《ぼさつ》様のように微笑《ほほえ》んでくれてる…………。

「いいですか？　世界中には、貴女と同じ悩みを持った人が大勢います。決して、恥ずかしい事ではありません。貴女は、１人ぼっちじゃないんですよ」

ドキッ！……………そ、そんな事言われたって………。

「さぁ、勇気を出さなければ、貴女は一生日陰者のままなのですよ！　私を肉親だと思って、懺悔《ざんげ》なさい」

あ……また強く手を握り締められてるわ…………………。懺悔する意味は分からないけど…………ひょっとして、この先生なら信用できるのかも知れない…………………。そうよ、勇気を持って生まれ変わるのよ！　わたしはもう、あんな病気とはおさらばしなくちゃいけないんだわ！

「分かりました先生……。嘘を吐いてゴメンナサイ。私、ずっと前から泌尿器科に行こうかどうか悩んでたんです」

「皆さんそうおっしゃいます。これで、貴女は救われるのですよ。さぁ、その薔薇《ばら》のような唇で、私に告白してごらんなさい」

「はい……。私…………私…………悪い癖があるんです……」

「悪い癖なんてありはしません。ほらっ、幸福は目の前です。手を伸ばして掴みなさい」

「はいっ……」

ああっ、先生と見詰め合ってると涙が出てきちゃう！

「私……癖があるんです。緊張すると……」

「緊張すると？」

「緊張すると…………お……」

「お？」

「お……お……お……おもらししちゃうんですぅううううっ!!」

「は？……おもらし？」

え、どうしたの？　先生が変な顔をしてる。……私、何かおかしな事言ったのかしら？

「な～んだ。私はまたどうせ、ＳＥＸのしすぎで膣炎《ちつえん》になったか、暗い女が尿道オナニーして膀胱《ぼうこう》に異物が入って取れなくなったんだと思ってた。バッカみたい、アハハハハハ」

えええええっ⁉

「あっ！……い、今のは独り言です。気になさらないで下さい」

…………そんな大声の独り言聞いたのは初めてだわ。

「まぁ、尿失禁でしたら、女性にはよくある病気です。治療は簡単ですから、空母エンタープライズにでも乗ったつもりでいて下さい。ホホホホホホホ」

何かすごく不安…………。

……それから問診が始まって、先生は診察表に私の症状を書き込んで行きます。

やがて、腕を組んだ先生が、私にこんな事を尋ねてきました。

「では、早速おもらしの治療に入りたいと思うのですが……どうなさいますか？　ゆっくりと時間をかけておもらしを治す方がよろしいですか？　それとも、多少荒療治でも、早くおもらしが治るのを希望されますか？」

……どうしてそんなに『おもらし、おもらし』って連呼されなくちゃならないのかしら？…………やっぱり……やっぱり私は恥ずかしい女なんだわぁ！

……落ち込んでる場合じゃないわ。決断をしなければ。…………だけど、やっぱり荒っぽいのは恐いから、優しく治してもらった方がいいわよね……。

「じ、時間はかかって結構ですから、優しい治療法でお願いします」

「そうですか…………」

何でそんな残念そうな顔を？

「まぁ、軽い尿失禁でしたら、毎日の体操で治る事もありますからね」

「体操するだけで治るんですか？」

「ええ、尿道や膣周りの筋肉を鍛えれば、多くの失禁は止まります」

それって凄《すご》いわ！　体操して尿道の筋肉を鍛えるだけで可なんて、夢みたい！　神様ありがとう！

「ですが、それにはまずおもらしの原因を究明する必要があります。御手洗さんは、どんな時に催されるのですか？」

「はぁ……。それは…………緊張した時にですけど……。特に、大勢の人の前に出たりすると…………」

「なるほど、緊張性ですね。インポと同じ」

「…………………………」

「インポテンツってご存知ありません？　男性のペニスがムクムクと逞《たくま》しくエレクト出来なくなるの。勃起《ぼっき》不全って言い方もしますけど」

「あ、よく分かりません…………」

そんな所で引っ掛からなくてもいいと思うけど……。

「それは大変！　説明して差し上げますね」

いらないってば！

《レクチャータイム60分経過》

「と言う訳で、男性器の構造は理解して頂けましたね？　ではお大事に。……次の方！」

「ちょ、ちょっと先生！　私まだ治療受けてないんですけど！」

「あら、そうだったかしら？　え〜と………」

いまさら診察表見直してる……。

「はいはい、おもらしの原因を探ってたんでしたね。イヤですわ御手洗さんったら、凄いペニスの写真見せて欲しいなんて言うから」

……………そ、そんな事言った覚えは……。でも先生がそうおっしゃってるんだから言ったのかも。……けど、陰茎の写真は見せてもらってないわよ。

「それで、具体的にはどんな場所でおもらしなさいましたか？」

……そんな事まで言わなくちゃイケナイの？…………背に腹は代えられないわ。この際全部話してしまうしかないんだわ。

「その……………子供の頃の話なんですけど…………。私、洋琴を習ってまして……」

「……御手洗さん、ヨウキンって何ですか？」

「洋琴って、ご存知ないんですか？　黒い漆塗りで、白と黒の鍵盤がある……」

「……あんた変よ」

…………………そ、そうかなぁ。

「そ、その洋琴の発表会の舞台の上でした経験があります…………」

あれは、忘れもしない……小学四年生の文化の日。煉瓦《れんが》造りの市民文化会館大講堂（座席数四八五六）での忌まわしい記憶。天候は前日から大荒れで、その日も朝から台風みたいな大雨だった。それでも、年に一度の晴れ舞台だからって、無理を押して会場まで有料貸切自動車で行った。貸切自動車会社の名前は〝そよかぜ交通〟。運転手さんは〝新井田《あらいだ》〟という、痩《や》せた体型の人だったのも覚えている。

会場入りした私は、すぐに両親と分かれて一人で控え室に入った。そこで、三日前に買って貰《もら》ったばかりの白と桃色の洋式礼服の裾《すそ》が濡《ぬ》れてしまったのが気になって、開演時間直前までずっと手拭《てぬぐ》いで濡れた所の水分を押していた。そうよ、あの時雨さえ降ってなければ、あんなに焦る事はなかったのに！

それでも演奏が始まると、濡れた礼服はそのままにして譜面の最終確認をする事にした。それがまた、所々に雨水のシミが出来ていたの！

半紙大の楽譜帖に、僅か四滴のシミ。それも私にはひどく気になって、自ら焦燥感を募らせてしまった。仮にぐしょぐしょに濡れてたって、半年以上練習して完全に頭に入っている楽譜なのに、小さなシミのお蔭で、私の演奏が出来なくなるような危機感さえ感じていた。

そんな事をしてるうちに、段々私の出番が迫ってきた。私の演奏順は、十五人中ちょうど真ん中の八番目。控え室を出る前に鏡を見たら、朝自宅で母が入念に施してくれた化粧が剥《は》げかかっていて、もう私は混乱状態に陥っていた。

もう時間がないのでそのまま舞台の袖《そで》に向かうと、大雨にも拘わらず場内は満席。しかもその大半が華やかな礼服を着ていて、外の雨が嘘のようと言うか、全くの別世界に思えた。

そして、遂に私の演奏順が回ってきた。……もう、頭の中は真っ白だった。だけど、練習で身体が覚えていたので、何事もなく舞台中央の大型洋琴まで歩き、椅子に座って楽譜を目の前に置く事は出来た。かなりぎこちなかっただろうけど。

そこで私は、動転していて大事な事を忘れてたのに気が付いた。…………洗面所だ！もう小用をしたくてたまらなくなっていたのに、焦る気持ちがその事を感じなくさせていたのだ。しかし今更戻る訳にも行かず、私は演奏を開始する事にした。曲は、もうつぁると先生の洋琴協奏曲イ長調。…………なのに。

…………半年練習を重ねた成果を披露しなきゃいけない肝心な場面で…………私は……あろうことか洋琴の演奏方法を忘れてしまっていた。指の動かし方は勿論、目の前に開かれている音符の読み方さえ吹き飛んでしまっていて、鍵盤を弾こうと差し出した両手が静止して、全身金縛りに遭ったように動けなくなっていた。大勢の人が見てるのに、半年間練習してきたのに、この日のために新しい礼服を買って貰ったのに…………。私はそのまま暫く冷凍状態になってしまっていた。

その間、舞台の中央に向けられた無数の視線に、幼い私は恐怖すら感じていた。

それから…………私の身体はこう感じた。…………………………もう…………我慢、出来ない……。

前の方の観客にはハッキリ聞こえていただろう。椅子を伝って床に流れ落ちる、小学一年生の失禁の音を。

その時は、自分がおもらしをした恥ずかしさよりも、舞台を汚してしまった事の罪悪感が先に立って、私は脱兎の如《ごと》く舞台から逃げ出し…………気が付いたら、自分の部屋で膝《ひざ》を抱えてうずくまっていた。どうやって一人で家まで帰ったのかは覚えていない。泣いてもいなかったと思う。

「…………それ以来、どうにも人ゴミが恐くてたまらないんです……」

「もしかして、それで着物を着てるんですか？」

「え？…………はぁ……そうかも知れません……。それっきり、洋琴にも、洋服にも触ってませんから…………。でも……。私、茶道教室のお茶会なんかには積極的に参加して、何とか人の目に慣れる努力はしてるんです」

「茶道教室って、すぐそこの小笠原《おがさわら》先生の所？」

「はい……。先生をご存知なんですか？」

「えぇ、ちょくちょくね。こないだなんかケジラミで……って、そんな話はさておいて」

……………お茶辞めようかな。

「それはもう、確実にその時のおもらしが原因ですね」

再び、お医者様が自信有り気におっしゃっています。

「医者の目に間違いはありません。原因が判明していれば、治療は簡単。もう治ったも同然ですよ御手洗さん」

「……………………そう……ですか？」

「お前はもう治っている！」

……………どうして、口をへの字に曲げて、男の人の声色を使うのかしら？

「で～は……こうしましょう。大勢の人の視線に晒《さら》される訓練をしましょう。我ながらグッドアイディアだわっ！　そう思いません、御手洗さん？」

「ど、どんな塩梅《あんばい》なんですかそれは？」

「ユレイ～ン、いつのもアレ持ってきてちょうだい」

「はい先生！」

『ゆれいん』って……さっきの看護婦さんのお名前ね。診察室の奥から看護婦さんが何かを持って来たわ。

「はい、いつものアレです！」

「ご苦労様。また腕を上げたわね、ユレイン」

「とんでもありません先生」

…………会話の意味が分からないんだけど。

「コレが何だかご存知ですか、御手洗さん？」

「……イエ……初めて見ましたけど…………」

何かしら？　先生が看護婦さんから受け取った物………。一尺ぐらいの……軟らかい管みたいだけど…………。先じゃなくて横っちょに穴が開いてる……。太さが違うのが三本ある…………。

「これは導尿カテーテルと言うモノです。尿道から膀胱に差し込んで、尿を排出させるために使うんですよ。結構、マニアは多いんですけど……ホントに初めて見たんですか？」

まにあって………ナニ？　知りたくないような気がするわ……。

「そ、それをどうするんですか？」

「ハイ。例えば……下痢をすると、体内の水分が失われて口が渇きますね。その場合、腹具合よりも身体の水分補給の方が優先しなければなりませんから、お水を飲ませます。するとまた下痢が起きます。そうしたらまた水を飲ませます。下痢が治るまで、飲んで出し、飲んで出しを繰り返します。それと同じ事をするのが適切です」

「は？」

「御手洗さんは、これから大勢の人に見られに街に出て下さい。そこで出来るだけ我慢する練習をするんです。そのための導尿カテーテルです」

…………？？？？？？　よ、よく分からないわ……。

「もう1つ、コレ。点滴用の液体を入れるビニールパックです」

ま、また何か如何《いかが》わしい物体が私の目の前に……。

「このパックにカテーテルを繋《つな》げて、もう片方の先を、御手洗さんの膀胱に入れます。それなら、おもらししても安心でしょう？」

……それってつまり……街中で人に見られながら……垂れ流ししろって意味……？

「まぁ簡単に言えば、おもらしキャッチャーを付けて、おもらしを我慢する練習をするんです……素敵でしょう？」

「…………………」

《郁美5秒間失神》

ハッ！……し、しっかりしなきゃ。……そんな、いくらなんでも垂れ流しなんて！

「おもらしを治したくないんですか？　他に方法はありませんよ」

……でも……尿道にこんなの入れられるなんて……。こんなの、入る訳ないわ！

「人間の尿道は案外広がるものなんですよ。慣れれば親指1本ぐらい平気で入るようになります」

……そ、そうなのッ!?……だからってイヤなものはイヤよ！

「導尿カテーテルに抵抗があるんでしたら、オムツになさいますか？」

それは……。尿道に管を入れられるよりは……オムツの方がマシかしら？

あああ、やっぱりどっちもイヤッ！……でもどっちかに決めないと……え～と、え～と……。

《頭の中でダーツの的回転中》

《まだ回転中》

《ダーツ投擲《とうてき》》……《命中！》

《異物挿入プレイに決定！》

「……………………管で……お願いします……」

「では、早速取り付けましょう。診察台に座って、御手洗さんの花園をお出しになって下さい」

……………………もうちょっと別の言い方してくれないのかしら……。仕方ないわ、肌着を脱ぎましょう。

着物の裾をめくって……ずろうすを脱いで……。それから、台の上に乗って……脚を広げて…………。止むを得ない事情とは言え、こんな恥ずかしい格好を他人に見せるなんて……。まだ、相手が女の先生だから救われてるけど…………。

「はい、よく出来ました。お上手ですよ」

何が!?

「そうですね…………御手洗さんには………8号のカテーテルを使いましょう。まずカテーテルの表面に滅菌グリセリンを塗布して……。ご家庭でなさる時は、普段お使いのラブローションで結構です」

「……らぶろおしょんって何ですか？」

「まぁ、それはいいとして。早くインサートしましょうね。入れる前に尿道口をよくマッサージして……」

あ……ちょっと………そこは…………あ、あ…………。…………そんなに揉《も》んじゃイヤぁ……。

「あら？……御手洗さんの性器って…………………。ま、いっか。別に死ぬわけじゃなしえ～！　何なの何なの!?　気になるわ！　最後まで言ってちょうだい!!

……………んん………………あ……先生が……私の陰部を、じっと見てる……。

は………薄い透明手袋を着けた手が…………私の柔らかい所を押さえて………やだっ、肉裂を広げてるぅッ！　こんな事されるなんて思ってなかったから、洗ってこなかった。……匂《にお》ってたらどうしよう。恥垢《ちこう》溜めてる女だと思われちゃう！

「御手洗さん、ラビアもあんまりはみ出してないし、粘膜の色もピンク色で。ＳＥＸの経験はどれぐらいおありになるんですか？」

……な、何でそんな質問するの!?　そんな事、オシッコと関係ないじゃない！　ひょっとして、この人怪しい人なんじゃあ………。

「わ、私の性交の経験が……治療とどんな関係があるんですか？」

「御手洗さん、潮吹きってご存知？」

潮吹き？…………き、聞いた事はあるけど。

「潮吹きって、尿道口から出るんですよ」

ウソッ、お部屋の中から出るんじゃないの⁉

「他にも、泌尿器と性器は同じモノですから。排泄《はいせつ》と性行為には密接な関係があるんです。まぁ、どっちにしろこの色でしたら処女の部類に入りますから、男の数とか回数はお答えにならなくても結構です」

……だったら最初から訊かないでよ。性交の経験は……その……………。

ああん………オシッコの穴……いじられてるッ！…………揉まれてるぅうううぅっ！　あああぁあああ……。やん……そんな風に愛撫《あいぶ》されたら………変な気持ちになっちゃう………。

私は声が出そうになるのを必死に我慢して、一分以上続けられた尿道口付近の按摩《あんま》に身を震わせた。

アハッ………………何か………尿道の中に入ってくる……。さっきの管……入れられたんだわ………。あぁぁ……奥まで入ってくる……。

あああっ……そんな奥まで！　イヤァアアァッ、どんどん入ってくる！　くふん……アッ………出し入れされてる………。あああぁん………。

その距離は、ほんの一～二寸の短さだった筈だけど、私には一尺以上奥まで、管を差し込まれているように感じられる。すると、じょろじょろじょろって、管の端から勝手にオシッコが出てきて、先生が尿瓶に受けてる。………いっぱい溜まってる。……ウソ！

私、何にも感じないのにオシッコが出ちゃってる。

「カテーテルの先端が膀胱内に到達すれば、自然の尿が流れ出ます。こんなにいっぱい。溜まってたんですねェ」

……そう言われれば、さっき行きたくなってたんだっけ……。

「さて、一日全部排泄した処で、改めてビニールパックを付けて……。ベルトで太腿《ふともも》に固定しましょう。ほ～ら、こうやって着物を着れば、まさか中でこんな放尿プレイをしてるなんて誰にも気付かれませんよ」

……治療じゃないんですかコレ？

「じゃあ、これで外出して頂きましょうか。ユレイン、クランケの付き添いをお願い！」

「ハイ。私はいつでもＯＫです。行きましょうか、御手洗さん」

「……………はい……………………………」

※

私は看護婦さんと一緒に、繁華街の大通りに通じる駅前広場にやって来ました。

ここは待ち合わせ場所としても有名で、一日に何万人もの人が通行する、人間の密集度は他に類をみない場所でした。今だって私が大声を出せば、軽く千人は一斉に振り返るに違いない。…………ああぁ、こんな場所…………嫌いよ。鳥肌が立っちゃう……。あぁ……何百人もの人が、私を見てる……。私を見て、笑ってる……………。オモラシ女だって、見透かされてるんだわ。締まりのない女を見て…………笑って…………バカにしてるんだわ…………。私を……嘲《あざけ》ってるのよ！

「本日開店でぇす…………プッ！」

あっ……。ほら、水着を着てチリ紙を配ってる人にまで笑われてる。

ああああぁ……まだ、ここに来て一分も経ってないのに…………もうだめ…………。

恐らく、外には聞こえてないんでしょうけど、私にはジョロジョロと恥辱の音が聞こえてたまりません。ううぅ……………………。

私は顔を真っ赤にして、今にも泣き出しそうになっていたのだと思います。看護婦さんがすぐに気が付いて、声をかけてくれました。

「今、出してますか？」

「…………………………はい」

死ぬ程恥ずかしい質問をされても、私は無抵抗でいるしかありません。……けど、ちょっと変な気分がする。漏らしちゃっても温かいのが下半身に伝わってこない……。病院で入れて貰った管を通って、うまくオシッコが透明袋の中に入っていってるんだわ。……右脚の太腿に付いてる袋が温かくなってるのが分かる。

袋の中で、液体がチャプチャプ言ってるのを感じます。そのお蔭だろうか、普段のおもらしよりは、若干気が楽だ。それでも、膝がガクガク震えて、看護婦さんの肩を借りなければ立っていられない状態だった。

あの洋琴発表会の時とも違う、いたたまれない惨めさに苛まれて、ボロボロ涙まで出てきてしまった。それがまた、自らの心を容赦なく責め立ててくる。上から下から、恥ずかしい水を垂れ流している愚か者がここにいる。それが私なのだと、思い知ります。

「大丈夫ですか？　少し、休みましょうか？」

「……いいです。すみません。………少しだけ、掴まらせて下さい」

看護婦さんは優しく言ってくれますけど、逃げる訳には行かない。こんな屈辱を味わって………イイエ、自分が最低の生き物なのだと再認識して、そのまま逃げたりなんかしたくない。

乳児のようなおもらし癖を克服するまで、絶対ここを動かない！　動いたら……私は一生おもらし女のまま生きて行かなければならない。勝つのよ！　私は勝たなければイケナイの！

必勝祈願！……大願成就！……切磋琢磨《せっさたくま》！　臥薪嘗胆《がしんしょうたん》！………五穀豊饒《ごこくほうじょう》！　天壌無窮《てんじょうむきゅう》！　七生豊国！　鬼畜米英！…………。ああっ、私どうかしてる。

あ……また。………また、漏れちゃう………また出ちゃうぅッ！

もう、何回漏らしただろう。いつのまにか、大腿部の袋が凄く重たくなってる。私、そんなに出しちゃったんだ。

着物の上から手で触ってみると、透明袋が目一杯膨らんでいるのが分かった。病院で一度全部出して、ここに来てからまだ三十分経ってないのに…………。どうしよう、もうこれ以上オシッコ出来ない……。

「あ、あの…………看護婦さん。もう、オシッコいっぱいになっちゃったんですけど……どうすればいいですか？」

「えっ、もうですか⁉　馬のションベンじゃないんだから、そんなに…………」

「……………………………………」

「あ、イエ…………そ、そうですね……じゃあ、おトイレに行って、パックを交換しましょう」

私…………馬程度の生き物なんだわ…………………。

私は看護婦さんに手を引かれ、裏通りにある公園の公衆便所に入りました。そこは、駅前広場の喧騒が嘘のように静かな場所だった。人影も疎《まば》らにしかいない。

「着物めくって下さい」

個室に入ってドアを閉めると同時に、看護婦さんが簡単に言ってくれた。彼女の言葉に素直に従い、私は裾をめくる。そこにはきっと、目も当てられない破廉恥な光景が広がっているのだろう。想像するのも鈍《おぞ》ましいぐらいだ。私は下着を穿《は》かずに陰部の肉唇の中の小さい方の穴に管を差し込み、それに繋げた透明袋を太腿に巻き付けているのだから。

　腰の袋は、私の漏らした金色の液体でパンパンに膨らみ、今にも破裂しそうだ。ちょっとだけ、隙間《すきま》からオシッコの滴がこぼれてる。こんな変態行為、かなりの愛好者しかやらないでしょうに。

　看護婦さんが、中身を漏らさないように満杯の袋から管を抜き、私の腰を軽くしてくれる。全く、オムツを替えて貰う赤ん坊と同じだ。情け無いです……。

　管の先を新しい袋に差し込んで……粘着帯で固定して…………。オシッコの入った袋はどうするの？

「これは、検査のために病院に持って帰ります。…………湯たんぽみたいですね」

　ええ〜っ！　そんな……風呂敷も無しに裸のまんま、周りの人に私の出した液体見られるの⁉

「そうだ、私は一旦病院に連絡を入れなければならないので、御手洗さんはここで待って下さい」

「あ、ハイ…………」

　そう言って、看護婦さんは私のオシッコを持ったまま、公衆便所から出て行った。

　公衆電話にでも行ったのかしら？……考えてみれば、病院関係者は仕事の上で携帯電話を使えないんだっけ。でも、どうするのかしら……？　まだ特訓を続けるのかな？

「んっ……ううん…………」

…………アラ？　隣の個室から、妙なうめき声が聞こえてくるわ。

「ああん…………はぁあああぁああっ…………」

間違いなく後ろの扉の中からだわ。女の人の声…………よね当然。

「イイッ！…………太いわッ！…………くぅううううぅううん!!」

ええっ？……力んでるようには聞こえないけど……中で何してるの？？？　扉を叩《たた》いてみようかしら？

「あぁん……あぁぁあっ…………はあぁぁああああぁああぁっ！……おおおおぉおおおぅうぁああぁっ!!…………ひはぁあああぁああぁあああぁああぁあぁッ!!」

ああっ、この絶叫はナニ？　怖いわ！

すると、絶叫の出所である個室は急に静まり返り、暫くすると扉が開いて、中から人妻風のご夫人が出て来たではありませんか。

「ふぅ〜…………」

…………な、何なのかしらこの人？　やけにスッキリしたような顔して出て来たけど。……そして何事も無かったように洗面所から出て行きます。

一体個室の中で何が行われていたのか気になった私は、扉の奥を覗き込みました。

アッ！…………個室の中に、茄子《なす》が落ちてる！　何故か……茄子がヌルヌルしてる。

……物凄い、花の匂いがする！　何だか分からないけど危険を感じるわ！

頭がクラクラしながら、私は外の空気を吸いに洗面所を出ました。こんな所、十秒だっていられません。

ハァ……ハァ…………。あぁ、太陽の直射がきついけど、外の方が公衆便所の中にいるよりはましだわ……。ここで、看護婦さんを待っていましょう。……だけど、どこまで行ったのかしら、あの方………。

なんて周囲を窺《うかが》っていたら…………不意に私を呼ぶ声が聞こえました。

「へ〜イ、そこの公衆便所の前に立ってる着物の彼女、ひとりぃ？」

「は？…………そ、そうですけど」

何でしょう？　見た事のないお兄さんたちが話し掛けてきたわ。

「ヒマだったらさぁ、オレタチとお茶しな〜い？」

……………これってもしかして、ナンパって奴かしら？　私そういう経験少ないからよく分からないけど、滅茶苦茶古い誘われ方してるような気がする……。

「ねぇねぇ行こうよぉ。オレタチ、いかしたサ店、知ってるんだぜ」

「あの……人を待ってますから……結構です」

「いいじゃん、いいじゃん。オレタチと遊ぼうよぅ」

「彼女さぁ、その待ってる奴って、オトコ？　オンナ？」

「お、女の人ですけど…………」

「ならいいじゃんかサァ、その娘といっしょに、お茶しちゃおうぜ。みたいな」

しまった、男って言えばよかったわ！　それはどっちでもいいから、看護婦さん早く帰ってきてくれないかしら？

ウッ！…………待って、今看護婦さんに戻って来られたら、余計に恥ずかしいんじゃあ…………？　あああああっ、私はどうすればいいのぉっ⁉

イヤ〜ン、どうしようどうしようどうしようどうしようどうしようどうしようどうしようどうしよう……ここは動けないし…………。

「なぁ行こうよ彼女。……それともサ店なんかじゃなくて、もっと、大人の遊びがしたいのかな？」

「ひゅーひゅー。やるじゃん彼女！」

あ〜ん、もう……お兄さんたちは全然あっちに行ってくれないわ。誰か助けてぇええッ‼

「NOOOOOOOOOOOOOOOO‼」

「ぎゃひっ！」

「ぐへぇ！」

「どぷはぁあああっ！」

ああっ、お兄さんたちが次々と空の彼方にぶっ飛ばされて行くわ！　何が起きたのかしら？　初めに聞こえた奇声は誰の声だったの？…………って、今目の前に立っている人がそうね。

「ハハハハッ！　ジャパニーズレディ、ケガはアリマセンカ？　バッドガイズはミーがビートアウトしてやりマーシタ」

「あ、ありがとうございます……」

そんな事言っていいのかしら？　私の目の前に、すこぶる大きな男性が仁王立ちしているわ。お髭《ひげ》を生やした異人さんね。

「ミーはコウイウモノです」

あ、異人さんが私に名刺を差し出してくれている。名刺は両手で受け取るのよ。

受け取った名刺には〝トイレット博士　W・C・ニコルソン〟と書かれています。……といれっと博士なんて、若い私は初耳だわ。

野性的な容姿をされているのに博士だなんて。しかも日本語がお上手で。人は見掛けによらないものですね。

「ニッポンにはセカイでイチバンのベンキがあるとキイテやってキタのデスガ……。シッテマスカ、ベンキはトウキとジキのチョウショをＭＩＸしてカイハツされたコトを？」

「そうなんですか……？」

と、突然何を言い出すのかしらこのお髭の異人さん？

「デーハ、セイカクなニッポンゴで、〝ベンキ〟をナントヨブかグライはシッテイルでしょう」

「い、いえ…………。便器に他の呼び名があるんですか？」

「NO！　ニッポンジンのクセに、〝エイセイトウキ〟をシラナイとは」

お、お髭の異人さんがとても憤慨されている。……私の無知がいけないのね。

「NO!?……ユー、そのキモーノをヌイデミーロ！」

はあっ!?…………急に何言い出すの博士!?

「エエエェイ、ヌギなサイデース!!」

「キャアアッ!!」

突然イカれた博士が私の着物をめくって……。私、すぐに手で押さえたんだけど……多分、見られた！

「OH、NOOOOOO!!　ユー、ソレは一体ナニですか!?」

やっぱり、見られたんです。看護婦さんに付けてもらったアレを…………。

「ソノようなストレンジツールをモチイテ聖なるショウスイをタメテいるトハ！　サテはホウニョウマニアだなッ、ミーのメはダマセナーイゾ!!」

「ち、違うんです、これは！」

「モンドウムヨウだ！　聖《セント》トイレットをツカワズに、聖水をノにハナッタリするモノには、シンバツをアタエテやるッ!!」

大声出さないでぇええええっ!!

「ユーのようなビッチには、ゲザイをノマセテ、チャイニーズのカベの無いトイレットでナイト・アンド・デイ、ゲリをサセテヤルッ！」

キャアアッ、変態博士が迫って来る！　どうしよう、どうしよう、どうしよう!?

そうよッ！　こんな変態さんに構っていたら、私まで変態になっちゃう。逃げるのよ！

正面から突進してくる変態博士をかわして、私は公衆便所の裏側に逃げ込みました。

「ビッチ、ニゲラレルものか！」

それでも変体博士は私を追いかけてきて、洗面所の周りでぐるぐる鬼ゴッコをするはめになってしまったのです。そこで私は咄嗟《とっさ》に洗面所の中に逃げ込み、個室の鍵《かぎ》を掛けて息を潜めた。

でもここ、さっきのご婦人が何かしてた所だわ。まだ茄子が落ちてる。……酸味のきつい匂いが目に染みるぅ！

「オノーレ、ドコへエスケイプした!?…………サテは聖トイレットのナカだな？　ミーにハイド&シークをチャレンジするは、シー・イズ・ベイビーだ！」

あ、あ、あ、あ……………変態博士の声がだんだん近付いて来る……。

足音が洗面所の中に入って来たッ！…………堂々と女子便所に入ってくるなんて、筋金入りの変態だわ！　やだやだやだやだやだっ！　すぐ前で止まった……。ああん、見つかっちゃう見つかっちゃう見つかっちゃう！

……………………………………………………。

ところが不思議な事に、扉の向こうの人の気配がぱったりと無くなりました。…………………どうしたのかしら？

ドアの隙間から向こうが見えるかも知れないわ。ちょっと覗いてみましょう…………。

そ〜っと覗いて…………………………………？？？

「キャァアアアアッ！」

眼が合っちゃったわ！　変態が……変態もこっちを覗いてたのねぇえええぇッ!!

「キャアッ！　キャアッ！　キャアアアァアアッ！」

扉がバリバリ壊されてるッ！　ヨキよヨキ！　そんな物どこから持ってきたのよぉおおぉッ!!　私……………私………殺されちゃう！………あああぁあぁあぁ………。

ヒイイイッ、ショックで例の管が吹き飛んで…………オシッコが吹き出てるぅうううぅッ！…………あああぁあああぁっ！

そしてとうとう、扉を完全に壊した博士が入って来ます。

「テマをカケサーセヤガッテ。聖トイレットをブジョクするニッポンジンめ、カクゴしーろ！」

ああ……私、もう死ぬんだわ。明日から報道番組で……ウチの家族が取材されて……私の過去なんかもみんな放送されちゃうのね…………。お父様お母様、郁美は最期まで、おもらしを治せませんでした…………。今まで育ててくれて、ありがとうございます……。

「リッスン！　トイレットとは、ニンゲンがエブリデイ利用するモノ。トイレットが無ければニンゲンはイキテイケナーイ！　ソレホド聖トイレットのオンケイにアズカッテおきナーガラ、カンシャのキモチをモタナイとは、ニッポンジンはセカイのハージだ！　ニンゲンはモット、聖トイレットをウヤマイ、トウトビ、ジンセイをマナバナケレバならなーい!!」

…………あららん？　私……殺されるんじゃなかったのかしら？…………お説教されてるみたい……。

「イグザンポー、カミの国インディアでは、ナインハンドレッドミリオンピープルがセイカツしてイルノニ……シックスハンドレッドミリオンピープル、がドント・ハブ・トイレットなのだ！　ナウ、ジャスト・オン・タイムにも、インディアのブラザーたちは、ヤバンなノグソをシテイルのだ。ソレをオモエバ、聖トイレットにスワッテハイセツできるコトがドレだけハッピーか、ワカラナイニンゲンはイナイハズだ」

《以下、お説教タイム2時間》

「アンダスタンド？　聖トイレットのイダイさがワカッタダロウ」

「ハ、ハイッ先生！　私が……私が間違ってました！」

「OK。コレカラはミダリにシッキンしてはイケナイ！」

「それは…………そうしたいんですけど…………」

「ホワット・ハプン？　コマッタコトがアルナラ、ミーがソウダンにノッテアゲヨウ。ココは聖トイレットのナカ、アンシンしてハナスンダ」

……………この人なら信じられる！　この人こそ、私の救世主。おもらし界の神様かも知れない！　この人になら…………全てを投げ出せる！

「その……私……お、おもらしの癖があって……治せないでいるんです。どうすればいいんでしょうか……？　今日も、勇気を出して病院にいったんですけど……何か、怪しい病院で、如何わしい器具を取り付けられて………」

「オー、NO！　ユー・アー・プアガール！　バット、ユーはもうタスカリマシタ。インチキなホスピタルにイカナクテモ、聖トイレットとココロをヒトツにすれば、イージー・

ヒーリング！」

「な、治るんですかっ!?……それは、辛い修行を積まなければならないんですか？」

「NO。聖トイレットとキモチがツウジレバ、1ミニッツでもOK」

ええっ！　たった一分で私のおもらしが治っちゃうなんて、素晴らしいわ！　聖といれっと様ッ、郁美は一生あなたに付いて行きます！

「どうすればいいんですか、にこるそん先生。私に……といれ様と気持ちが通じる方法をご伝授下さい！」

「……ソレは、コウだぁあああああああああぁっ!!」

きゃっ！　にこるそん先生が縄で私の身体を！

「それカラ、コウだあああああああああああぁっ!!」

「先生！……やめてっ………やめて下さいッ!!」

公衆便所中で、私は衣服を引き裂かれ、下着も全部剥ぎ取られて、乳房も下腹部も丸出しの素っ裸にされました。

更に怯《おび》える素肌に荒縄が何重にも巻き付けられ、あっと言う間に指一本動かせないぐらいに緊縛されてしまい、その身体を担ぎ上げられ、隣の男子便所に放り込まれたのです。

裸のまんまで、私は汚い小便器に座らされました。男子便所って、女子便所よりもずっと汚れてるし……臭い！

「ココでミもココロも聖トイレットとシンクロナイズするんだ！」

「こんな事してっ、どうやって失禁が治るんですかっ！」

「ワカラナイノカ？……ユーがベンキにナルノダ」

……便器になる⁉……何それっ？

「ミズカラがベンキにナッテ、聖トイレットのキモチをタイケンするンダ」

「カモーン、サニスタンドのように、クチをアケロ！」

「あぷっ……ブハッ……いやぁああっ！……ぶぐぐぁっ！」

にこるそん先生は、全裸の私の前で下半身を露出させ、太巻き寿司みたいな肉棒を掴み、勢いよく黄金の流水を放出させてます。ああっ、裸にオシッコを直接浴びせられるなんて……！

「コボサズニ、ゼンブ飲むンダ。インニョウはヘルシードリンクだ」

「イヤッ！……便器にされるなんてイヤァアアアアァアアァッ‼」

痛いくらいに勢いのある放水が、私に生肌に打ちつけられてます。嫌悪感から震え上がりそうになった私ですが、奇妙な温かさによって不思議な気分がしています。

「オ〜……グッド・ピス」

私は頭からぐしょ濡れになり、鼻を突く臭いの汚水が喉《のど》に入って咳《せ》き込むだけでした。

他人の小水を飲むなんて、初めてです。勿論、自分のだって飲んだ事はありません。でも、この人のオシッコ……ちょっと甘い感じがします。

「ミーはコレでボコクにカエルのデスガ、ユーはモアレッスンがヒツヨウなようダ。ユーのレッスンがハカドルヨウニ、ココにスバラシイベンキがアルとセンデンしてオイテヤル」

あぁ……待って……。この縄を……解いていって頂戴……。

「では、サヨナラ。ハヤク聖トイレットとシンクロナイズするように、イノッテマース」

私が声を出す前に、にこるそん先生は足早に公衆便所から去って行った。

こんな格好で……男子便所にほったらかしにされて…………。一体……私はどうなるの!?　誰か助けて！　看護婦さん、どうして帰ってこないの？

すると、茫然《ぼうぜん》自失だった私の聴覚に、複数の人の気配が感じ取れた。…………やっぱり、男の人だ。

「オイ、見ろよ。女だぜ女！」

「誰かにレイプされたのかな？」

「こんなとこで裸で縛られてるなんて、変態女じゃねぇのか」

私を見付けた男たちは、汚らわしいものを見るように汚汁で汚れた裸身を見詰めています。両手をくくり上げられ、淫《みだ》らに陰部を開帳した、カストリ雑誌に出てくるような婦女の裸体を、好奇な視線が刺しえぐるように見ています。

みんな、若い男の人です。私の濡れた陰毛や肉唇をジロジロみているうちに、その目付きが変化していくのが分かりました。それは、恐ろしいくらいに白目を血走らせた、ケダモノの眼でした！　私はどうしていいか分からず、声が出せません。

「この女、エロい身体してやがるな……」

「ピンクの乳首……たまんねぇな」

「犯っちまうか。全然嫌がってないみたいだし」

「イヤッ！　触らないで！………ああっ、許してぇっ！」

そう叫んでも、もう間に合いませんでした。私が抵抗心を無くしているのをいい事に、男たちは身動き出来ない肉体に群がってきたのです。

「あうう……さわら、ない、で…………」

男の人の大きな手が私の乳房を揉みしだき、陰肉を指で弄んでいます。一人、二人……三人、四人、幾つもの手が、一斉に動けない私の肌を嬲《なぶ》っているのです！

「これ外そうぜ」

すると、その中の一人が私の手首の拘束を解き始めました。

『助かった！』

私は心の中でそう叫んだのですが……彼等の思惑はそうではありませんでした。ケダモノたちは、怯える私の目の前で次々に下腹部を剥《む》き出し、性器を露出させます。

私、一度にこんなに沢山の男性性器を見たのは初めてです。……と言うより、明るい場所でハッキリ目にした事自体初めての経験でした。誰もが臍《へそ》の下から太腿まで真っ黒い毛をごっそり生い茂らせ、奇怪な形の肉柱を直立させて、ビクンビクン脈打たせているのです。肉柱には破裂しそうなまでに血管が浮き上がり、亀の頭部に似た先端の部分は赤く光沢を放って、透明な汁まで出しています。そして私は生腰を押さえ付けられ、恥ずかしい部分にヌルヌルしている固い物を当てがわれました。

私はより強い身の危険を感じました。彼等は、私の膣に男根を挿入しようとしているのだと、確信出来たのです。

「ぐううっ……ダメッ！　入れちゃイヤッ!!」

そう声を出したのですが…………私はあっさりと貞操を犯されてしまったのです。

赤くむくれた男根が、経験の乏しい私の陰部を乱暴し、容赦なく腰を振ってきます。ああ……男の人の形が……分かります。

「ぐううっ……痛い！　痛いのぉおおッ……動かさないでぇッ！」

そこで不意に、私は口に太い物を押し込まれてしまいました。男根です！　鋼鉄のように怒張した男根が、私の口の中に入れられたのです。こんな破廉恥な事、する人がいるとは聞いていましたが……まさか自分がさせられるなんて！　私は無理矢理、口淫《こういん》をさせられているのです。

それだけに留まらず、両手にも熱い肉棒を握らされ、激しくしごかされています。男性器がこんなに熱いものだなんて、思ってもみませんでした。

そして最後に、最も残酷な仕打ちが私を貫きました。焼けるような熱さと、全身を引き裂かれたような激痛が、お尻から頭の先まで稲妻のように駆け抜けたのです。

肛姦《こうかん》です。あろう事か、猛り狂った肉柱が私の後ろの穴を突き刺し、お腹の中をえぐるように上下に出入りしています。……ひどい…………排泄物を出す穴に……ケダモノの欲望をぶち込まれるなんて……。

その後も私を取り囲む男たちは数を増やし、その全員が代わる代わる私を乱暴してゆきます。汚れた便所の中で、私は輪姦されているのです。

「イヤァアアッ、もう入れないでっ！…………あああぁっ、中には……中には液を出さないでぇえぇえっ!!…………あうぅぅ」

栗の花の匂いのする白い粘液が、雨のように私の肌に浴びせられます。素肌だけではなく、身体の中にもです。口の中に飲まされた量は、とうに二合を超えています。喉奥がネバネバして、とても苦しいです。

そして膣の中には、一番多くの精液が放たれています。きっと、私は誰の子か分からない赤ちゃんを身ごもってしまうに違いありません。

「むぐっ……ぐうううぅっ………………！　グハッ……」

大量の子種汁にまみれて、私は失神寸前でした。

「お、やってるやってる。この女か、ションベン飲ませてやると喜ぶってのは？」

薄れゆく意識の中で、また新たな男の声が聴き取れました。

それも一人じゃありません。二人、三人と、次々人数が増えていっています。

「ぶはっ……あああぁあああぁああああぁっ!!」

もう、何人の男性器を口に含み、何升のオシッコを飲んだか分かりません。それでもまだ、滝のような放尿が宙を飛び、四方八方から私の身体に降り注いでいます。眼も耳も、オシッコでいっぱいです。オシッコと精液の海で、私は意識を失おうとしている処です。

でも………でも……。私は何とも言えない感覚に裸身を包まれて、意識を失うというより夢見心地だったの

です。性交経験の少ない私は気付きませんでしたが、大勢のケダモノたちに陵辱されながら私の背筋はゾクゾクざわめき……。肉襞の奥から女汁を溢れさせ、逞しい硬棒をぐいぐい締め付けていたような気がします。今だって…………オシッコの匂いと温度が……気持ちよくてたまりません！

「ああん……イイのっ！　もっと……もっといっぱいオシッコかけてぇええっ！　ううん、かけるだけじゃイヤッ！　私のお尻の穴と、オンナの中に放尿してぇええッ！　白い液より……金色のしぶきの方が好きなのォオオォオオッ!!」

そして、下半身に込み上げてくるあの感覚に、とうとう私は昇天してしまったのです。

「あぁぁん…………またっ……またオモラシしちゃうぅううっ！」

十数人のオシッコを浴びながら、私もワレメの奥から、キレイな放物線を描いた黄金水をプシャアアアアアアアッ噴き出しました。

今、私の目の前には、美しい虹《にじ》がかかっています…………。

スーパーモデル　食い込みレオタード

ウィル・センチュリー・ビルディングの3階には〝五十川《いそかわ》プロモーション〟と称する人材派遣会社が入居しております。主な業務、つまりどんな人材を派遣しているかと申しますと……まぁ、モデルやらコンパニオンの類《たぐい》でありまして、本日も不快指数99パーセントの中、契約社員たちは大忙しのようです。

駅前の通行人の多い通りで、深紅のレオタードに身を包んだモデルさんたちが華麗に闊《かっ》歩《ぽ》し、特に男性陣の注目を浴びていた。

その中でも一際きらめくオーラを放っている女性、彼女に男たちの視線は集中している。ハイヒールの似合うスラッと伸びた脚線に、見事に発達したボディ。8頭身のシャープな顔立ちも麗しく、大きくウェーブのかかった髪の毛もゴージャスだった。それに何と言っても、急角度なハイレッグの極薄レオタードを媚肉に食い込ませているのがたまらない。

彼女にとっても、五十川プロモーションにとっても、今日の仕事は久々の大きな仕事であった。

「本日開店でぇす、よろしくお願いしまぁす。本日開店でぇす。只今オープニングセール実施中でぇす」

あ～あ、何よこの暑さ。ムカツクわねぇ！　まったく、日焼けしちゃったらどうしてくれるのよ。

第一ナニ、今日のこの仕事は？　ビデオ屋の開店告知のティッシュ配りだぁ!?　この売れっ子モデルの土肥麗香《といれいか》サマが、何が悲しくてこんなチンケな仕事しなきゃいけない訳？　しかもこのビデオ屋って、エロビデオとエロ本と大人のオモチャしか置いてない店じゃない。アタシも関係者だと思われるから嫌なのよ！

こういう場合、1人にティッシュ2つずつ渡して早く終わらせるのが常識よ。

…………こ、この土肥麗香さんがどういう人物なのかはさておき、彼女の前を和服を着た若い女性が通り過ぎて行きます。何だか見覚えのある顔をしている女性のようですが…………麗香さん、珍しい和服姿の女が気になったご様子。そっと、続きを見てみる事にしましょう。

アラ？　向こうに着物着た女がいるわ。珍しいわね。面白そうだからちょっと見に行ってみましょう。

ちょっと場所移動して、道路の反対がわに行きましょう。ティッシュを大勢の人に配るには、広範囲の配布作業を行った方がいいに決まってるのよ。相変わらずアタシって冴《さ》えてるわ。フフフフフフフ。

と思ってワザワザ着物女の顔見に来たんだけど……。

何この女？　顔真っ赤にして突っ立ってる。どうせカッコだけのブスだろうと思ったけど、予想通りね。ファッションセンスのかけらも無いんだから。個性の無い奴に限って目立ちたがるのよねェ。

あ〜、つまんなかった。元のポジションに戻ろっと。そうそう、ティッシュ配りは一点集中で行うのが合理的なのよ。

でも…………ちょっと、オシッコしたくなってきちゃったわね。

まぁいいわ。後少しで配り終わるから、事務所に帰ってからレイトに行けばいいわ。とっとと終わらせちゃいましょう。

「本日開店でぇす、よろしくお願いしまぁす」

よし、前から男が来た。絶対受け取らせてやるわ。

「本日開店よ。よろしくねぇン」

「ハ〜イ、お姉さん。いくら？」

……何よこの不細工な男、手も出さずに話し掛けて来て？　さてはアタシの美貌《びぼう》に参って、ナンパしにきたのね。フフッ、どうしようかしら？

「ねぇ、いくらって聞いてんだよ。こういうの普通3千円から5千円ぐらいだよな」

5千円？　何の事言ってるのこの頭の悪そうな男は？

「金払えばそのティッシュでしてくれるんだろう？」

「何ですってぇっ！　アタシを誰だと思ってるのよッ!!」

この高貴な美貌のアタシのどこが、そんな安っぽい手コキ女に見えるって言うのよ⁉　め[redacted]らなんじゃないのこのバカ！

「オラオラオラオラ、往復ビンタ百本よ！」

「ぎゃひぃ〜ん！」

フン、これでOKよ。うすらバカは撃退してやったわ。

何が5千円よ。さっきの人は1万円くれたから、おしゃ…………。あ、…………さて。

最後の3個ね。あ、前から童貞そうな中学生たち3人組が来たから、あの子たちにあげちゃお。

さりげなくニッコリ微笑《ほほえ》んで。結構タイミング難しいんだから。ノウタリンに務まる仕事じゃないって事、覚えときなさいね。

「ハイ、今日開店なの、よろしくね」

「あ、どうも………」

キャハッ、やっぱりあの子たち、アタシに見とれてたわ。無理ないわね。こんな美人に声掛けられたの初めてなんでしょう。きっと、アタシのレオタード姿見て勃起《ぼっき》してたんだわ。今夜はこの悩ましい肉体を思い出して何度も発射するんだわ。

通り過ぎて行った中学生、アタシを振り返って何か話してる。何話してるのかしら？

それとなく聞いちゃお。

「おい、あの女スゴかったたな」

「うん、乳首透けちゃっててよぉ」

「マン毛ごっそりはみ出してたぜ。気付いてないのかぁ」

「ワザとなんじゃないのか?」

何ですってあのクソガキ! 童貞のクセに! アタシのどこがハミ毛だって言うのよ⁉

……………あら? ホントにはみ出てるわ。恥ずかしい!

アタシは平静を装い、ティッシュを入れてたバスケットでビキニラインを隠して、小走りで事務所まで帰って行った。

土肥麗香サマが契約してる人材派遣会社〝五十川プロモーション〟は、このビルの3階にあるのよ。エレベーターで3階に上がって、アタシは事務所の中に入ろうとした。

でも……アタシさっき、オシッコしようと思ってたのよね……。どうしようかしら?

そうそう。出したいものはさっさと出しちゃいましょう。

レイトはエレベーターの左手よ。ハイヒールの軽快なステップが左方向に向かって進んでるわ。

エレベーターからレイトの入口までは5メートルぐらいあるかしら? アタシの美しい脚線を煩わせるうっとうしい距離ね。

「さぁ着いたわよ。この麗香サマが聖水を放ってあげるんだから、ありがたく思いなさいね、レイトさん。マニアに売れれば百万の値が付く超プレミア物なんだから！」

……………ん、何よコレ？　清掃中で入り口が立ち入り禁止になってるじゃない！

どういう事よ⁉

このアタシがレイトを使ってあげようって時に、こんな横暴が許されていいの⁉　全く、何様のつもりよ！　清掃会社調べて爆破しに行ってやるわ！

でも仕方ないわね…………………。そうだわ！　4階に行けばいいんじゃない。流石《さすが》は麗香サマ。頭の回転が速いわ、ウフフフフッ。面倒《めんどう》臭いけど、階段を昇って行きましょう。

「フフン、麗香サマのハイヒールに踏まれて嬉《うれ》しいんでしょう、階段さん。わざわざあなたを選んであげたんだから、一生このアタシに感謝するのよ」

華麗な足取りでスターへの階段を昇って……。

さて、4階に来てやったわ。ここには泌尿器科の病院があるのよね。こんなトコ、汚いチンポした男が行く不潔極まりない肥溜《こえだ》めみたいな所よ。臭いからさっさと通り過ぎちゃいましょう。

4階のレイトも同じ位置にあるのよ。もう目の前に見えてるわ。早いとこ済ませて、着替えに戻りたいわよね。

と思ってたら、レイトから女が出て来たじゃない。どうせ流せないようなデカグソしてたんでしょう。アタシはもう1ヵ月もナニが無いってのに、この女………。

「はぁ～、困ったわ……。ここも使えないなんて………」

……何よ、今のレイトから出て来た女。欲求不満の、大人のオモチャコレクターっぽい年増だけど、レイトが使えないってどういう事？

男好きそうな女はもういないわね。………まぁいいわ。中に入ってみればわかる事じゃない。

「ホラ、麗香サマがレイトに入ってあげてよ」

って、麗しいナイスなボディがレイトINしたのはいいんだけど………。個室のドアに全部赤マークが出てるじゃない！

どうして全部いっぺんに個室がふさがってる訳？　脱糞コンテストでも開催されてるの⁉　全く……。

んん………それはそうと………アタシもそろそろヤバくなってきてるのに……どうしようかしら？

あぁ……。とにかく、別の階に行くしかないみたいね……。3階と4階がダメだったんだから………5階？

「フフフフ。5階のレイトさん、次は麗香サマに来てもらえると思ったら大間違いよ！アタシは意表をついて、1階のレイトに行くわ、オホホホホホホ！」

　階段さんも同じよ。麗香サマは素早くエレベーターに乗って1階に直行してやるんだから！

　ボタンを白魚のように美麗な指先で押してっと。……白魚ってどんな魚か知らないけど。魚みたいな指ってキショいわよね。………そんな事はどうでもいいか。

　フフフフ、どう、スーパーモデル麗香サマのフィンガーサービスは？　一さすりで天国にイッちゃいそうなんでしょ？　正直になりなさい。

　なんてやってないで、1階に行くのよ。

　チ～ンって音が鳴って……ホ～ラ、もう1階に着いたわ。レイトにダッシュよ！

　1階のレイトも位置は同じ。ちゃんと目視確認して…………OK、誰も入ってないわ。清掃中でもないし、最初からここに来ればよかったんじゃない。全く、無能なレイトどものお陰で無駄足踏まされたわ。

　さ～てと、プライベートルームに入って……鍵《かぎ》を掛けて………。

「フフフフッ、いいこと？　今から麗香サマが、あなたに跨《またが》って聖水を出してあげるから、ありがたく受け止めるのよ。便器のクセに幸せ者ね。この麗しい肉体の全てを鑑賞出来るんだから」

　そうなのよね。コレが面倒臭いのよ。レオタードなんて着てると、たかがオシッコするだけの事で全裸にならなくちゃイケナイんだから！　生脚の時は、着たまんまでちょっとズラしてやっちゃうんだけど。パンスト穿《は》いてるとどうしようもないわ。

「まぁいいわ。仕方ないから、麗香サマのヌードショーであなたを楽しませてあげる。興奮してすぐイッちゃわないようにしなさい」

髪の毛を掻《か》き上げ、左右の肩からストラップを外して、上半身からレオタードをめくる。するともう、お腹のところにパンストのゴムが見えてるから、ショーツの紐《ひも》までいっしょに親指に引っ掛けて、腰から下ろしちゃう。一気には脱げないから、腰を振りながら少しずつズラしていって、太腿《ふともも》まで下げていく。腿まで来たら、後は膝《ひざ》までスルッと持っていく。これで排泄《はいせつ》準備は完了よ。

「どう便器さん、麗香サマの眩《まぶ》しいプロポーションは？　フフフッ、アタシのバストがたまらないみたいね。それに、ヘアーばっかりじろじろ見ちゃって。エロオヤジじゃない。これからもっと凄《すご》いものを見せてあげるのよ。鼻血が出ないように栓をしておくことね、ウフフフ」

そうそう、放尿するにはしゃがまなくちゃイケナイのよ。……どっこいしょっと。

「ホラ、分かるかしら？　アタシは今、あなたに跨ってるのよ。あなたに跨って、何も着けていない股間《こかん》を広げてるの。どう、オマンコ丸見えでしょう……？　この麗香サマの秘密の花園が見られるなんて、選ばれた男だけなんだから、光栄に思いなさい。アハハハハハハ！　…………い～い？……出すわよ。麗香サマの若返りの水を、たっぷり飲ませてあ

げるんだから…………大きく口を開けて、一滴もこぼしちゃダメよ。んっ…………あぅん……………………」

ジョボボボボボボって、麗香サマの音がしてるわ。

「どうなの、アタシの放尿ショーが見たくてたまらなかったんでしょ？　分かってるのよ。男なんてみんな、このアタシのレオタード姿を見たら、アタシが全裸で放尿してるシーン想像して、センズリこいてるに決まってるわ！」

そうよ。自分がアタシみたいなレベルの高い女に相手にされないもんだから、想像の中で美しいアタシに汚い事をさせて興奮してるんだわ。この麗香サマがションベン臭い男子便所で全裸になって、ウンコ座りしてオマンコの奥の小さな穴から黄色い液体噴き出すシーン想像して、チンポしごいてるのよ。

今のアタシは、あんたたちの望み通りの事してるのよ。それを直に見られなくて想像してるだけなんて、哀れね。

「あぁぁ……便器ちゃん。あなたも人間だったら、プライドなんか棄てて、アタシのオマンコ見てマス掻いてるでしょうね……うぅん。見てッ。麗香サマのここは……こんな風になってるのよ……。あはぁあああん……」

はぁ～、やっと全部出したわ。…………だけど……。ううん……乳首が固くなってムズするぅ……。

「アハッ……ふうぅううぅん、いい気持ちッ！」

男のセンズリの事考えてたら……アタシもしたくなっちゃった……。ああああぁ……。固くしこったバストの先端を摘んで、グリグリこねて、ちぎれる程引っ張るのおッ……。

ぴちゃぴちゃクチュクチュ、音がしてるぅッ！

「あああ……ダメェ……。スーパーモデルのアタシが……レイトで手マンコなんてぇッ……」

でも、アタシの手はご主人様の命令に背いて、ひとりでにトサカをいじってるの……。

「くぅうううぅん……オマンコ気持ちいい……」

あああ、声が出ちゃう……。

イケナイ。アタシみたいな、男が手に入れたくてたまらない女は……常に行動に気を付けてないと……盗撮とかされてビデオ化されちゃうのにッ……！　今だって……壁の向こうで変態男に覗《のぞ》かれてるかも知れないんだから……指を動かしちゃダメなの！

「いやぁあああん……アタシの指が……勝手にフリルを揉《も》みくちゃにしてるぅううぅうぅうううっ！　もうビチョビチョォオオオォオオオォオオッ……！」

クチャクチャクチャクチャクチャ、凄い音聞こえてる……。ぽちゃっぽちゃって、水面にラブジュースの滴が落ちてるぅうぅッ！

最近剃《そ》ってないから……ビラビラの周りがチクチクしてるわ……。

「あああぁん…………この便器……オマンコ見せてあげてるのに、何もしてくれない役立たずね！　もっと……ビラビラから血が出るぐらいつねって…………2枚合わせてグチャグチャにして欲しいのにぃいいッ！　くはぁあああああぁあぁん!!」

「NOOOOOOOOOOOOOOOO!!」

え？………な、何の音!?　何処かから、人の叫び声が聞こえてくるぅッ！

「ヒイイッ！」
ド、ド、ド、ドアが壊されてるぅううぅッ!!　バキバキぶち破られてるわッ！　何が起こったのッ!?
「ハウ・ドゥ・ユー・ドゥ・レディー」

イヤァッ!!　大男が中に入って来たわ！　外人よ外人！　髭面《ひげづら》の大男よぉッ！　アタシの美貌に劣情を抑え切れなくなって、レイプしに来たんだわぁッ!!

「ミーはこういうモノデス」

…………え？　ナニッ？？　この男、名刺を差し出してきたわよ……。

〝トイレット博士　W・C・ニコルソン〟？……何コレッ!?

「ユーはゴゾンジですか？　水洗トイレットは、ナンネンマエからソンザイしていたか」

な、な、何言ってるのこの男!?

「コレはビックリ。世界サイコの水洗トイレットは、キゲンゼン二二〇〇ネンにアッタノデス！　メソポタミアのテル・アスマル遺跡に、ゲスイドウをリヨウした、トイレット跡がカクニンされてイル。スバラシイとオモイマセンカ？　四〇〇〇ネンイジョウ前から、ジンルイはスイセンタイプの聖《セント》トイレットをツカッテイタなんて」

セント・トイレットって……何？

「バット！　そのスバラシイレキシは、ヨーロッパをチュウシンにサカエテイタために、ローマテイコクのホウカイとトモニ、タチキラレテシマッタのだ！　ダカラ、ヨーロッパには、一三〇〇ネンカンにワタッテ、聖トイレットが、ソンザイシナクナッテしまった！　NO、NO！」

「……レイトが無かったら……どうやってウンチするの？」

なんてアタシ、つい口を挟んじゃったじゃない。

「オー、イッツ・ナイスクエスチョン。ソレは、オマルをツカッテいたノダ！　ミナノモノが、マイトイレットを、モタナケレバならなかったノダ！」

「はぁ……」

「ユーは、ナイスクエスチョンをシタカラ、キット、コウウンがヤッテクルダロウ。デハ、サヨナラ」

……………変な男が、走って去って行ったわ。…………何だったのよ、一体⁉

でもでも……あの男に、アタシの全てが見られたのは確かよッ！　ああん……麗香、どうしたらいいの⁉

そうよ！　あれはカモフラージュに違いないわ！　き[redacted]がいのフリをした覗き魔だったのよ。このアタシの深い茂みの奥の形を目に焼き付けて……今頃エレクトした欲望を摩擦しまくってるのよ！　そうとしか考えられない！

「あぁ……アタシの肉体がオナペットにされてるなんて……んふぅうううぅん……」

あああああぁ…………この胸の中がザワザワする気持ちは何なの⁉

いつもいつも……アタシは男に見られてる。嫌らしい視線に晒《さら》されてるッ！　それが仕事なんだから…………。

みんなみんな、レオタードの密着したアタシの肉体を見て喜んでる……。アタシを目で犯してるッ！　アタシのバストの形を……乳首を……下腹部の膨らみを凝視して、中身を想像してるんだわ！

膨らみのワレメにレオタードが食い込んでるトコとか……アンダーショーツが透けてるトコとか……ヒップに指を入れて食い込みを直してるトコなんか、じっと見られてる！

アタシ……いつも見られてる…………！　ギラギラした目付きに…………視姦《しかん》の眼差しに………。ああぁああああぁ…………。

「ハァン！……もっと……もっと見てぇッ！　アタシ、もっと見られたいの！　見られるの大好きなのッ!!　ほら……大勢に見られてると思うと……こんなに濡《ぬ》れちゃうの……」

さっきいっぱい濡れてたから、もうグチュグチュ……。

「あはあぁあああぁ……見てッ！……もうクリトリスびんびんよ……。分かるでしょ……ビラビラの上の、ちっちゃいチンポが勃起してるの……。見たいんでしょ……めくって見せてあげる……」

アタシ、自分の指で自分のクリット摘んで、先っちょ皮をペロッてめくってるわ。

「見て見てェ……こんなに大きくなって……赤くツヤツヤになってるのよ……。ああああぁん……摘んでしごくトコ……見てぇッ！」

あああああっ、男のセンズリみたいに……クリトリス上下にしごいてるのよッ！

「はんはんはんはんはん……麗香サマが……クリトリスいじってるのよッ！　穴が開くほど見なさいよッ！　ううぅぅん……もうかたっぽの手で……ホラ穴掻き回しちゃうぅぅッ！　中指と薬指……2本入れて出し入れさせるわぁッ！　はあぁあああああぁ！」

熱くて深いホラ穴に、2本指がずっぽり入ってるわ。

「オナニーよ！　あんたたちの憧れの麗香サマが……手マンコしてるのよぉおおおぉ

ッ！　見てッ、マン汁どばどば出てるでしょ！　ふはぁあああぁん…………オマンコ気持ちよくって…………もうイッちゃいそう！」

もう何にも考えられない！

「ああ……あああぁ…………はぁあああぁあああああぁ…………イクッ……アタシがイクとこ見てッ！　イクから見て見てぇえッ!!　あああ…………ああああ…………はあっ…………イクゥウゥウウウウウゥウウウウゥン!!」

イクのと同時に、アタシは水洗レバーを大にひねってたの。女のエチケットね。

「ハァ～…………こんなオナニーしたの久し振り。よかった…………」

水流音が消えると、床がアタシの液でびちょびちょになってるのに気が付いたのよ。太腿にも、下半身ぐっしょりよ。

「いっぱい飛び散っちゃってる。紙で拭かないと……」

トイレットペーパーを山程使って、後始末をしてやったわ。立つ鳥後を濁さずよ。

さぁて、どうせすぐ着替えるんだから、適当にレオタード上げて、事務所に行きましょう。スイスイッと…………ドアを開けて外に出てやるわ。

と思ったら…………!?

男よ！　な、何よコイツ？　目の前に男が立ってるわ！　何か変なゴーグル付けた、特殊工作員風の黒いジャケットを着た男よッ！　ひょろひょろに痩《や》せてる、ヘビみたいな野郎だわ。

ココは女子トイレよ！　ナニ男が入って来てるのよッ！　それに何なの、この気色の悪い顔は⁉　不愉快だから袋被って歩きなさいよ！

？？？？？？…………‼　コ、コ、コ、コイツが手に持ってるの……カメラじゃない！　そ、そ、そ、そのカメラで何したのよぉッ‼

「へへ…………………」

イヤァアアアアッ！　気持ち悪いィイイイイィッ！　ニヤッて笑ったわぁああああああぁあああぁあああああぁッ‼

「俺を誰だか知ってるか？」

知る訳ないでしょう、こんなヘビ男！

「俺はこういう者だ」

…………………？　何よ。また名刺かと思ったら写真じゃない。インスタント写真ね。

麗香サマは写真には詳しいの…………。どれ、何の写真？

「ヒイイイィイイイイイィイィイィイイイイッ‼」

アタシよ！　アタシだわ！　こいつ、今さっきのアタシの手マンコ盗撮してやがったのよ‼

「このインスタントはただの見本だ。お前の裸踊りはデジタル撮影して、既に俺の自宅に

送信してある。もう手遅れだ」

コイツ………プロね！……アタシの写真で商売するつもりなんだわ。

「じゃあ、隣に行け」

男が顎で、隣の男子レイトに行けって言ってる。アタシは、震える脚で移動を開始した。

縦型便器が並んでる見慣れない空間に入ると、緊張度が増して寒気すら感じる。

「さて、ここでサービスして貰《もら》おうか」

「サ、サービスって何よ……」

「自分の足で男子便所まで来ておいて、何よはないだろう」

「あうっ……イヤァッ、触らないで！」

汚らわしい手がアタシのボディに伸びて、好き放題に触ってるわ！

「やめてやるのはいいが………ビデオ、雑誌、インターネット……エロモデルのオナニー写真を発表する所はいくらでもあるんだ」

「顔もバッチリ写った写真が、住所氏名と一緒に全国に公表されるだけさ」

「イ………イヤよそんなのッ！」

「なら、このカラダは俺の好きにしていい訳だな」

「ううぅん………」

こ、こんな奴の手に………。はあっ、そんなトコまでッ……！

「へへへへへッ、いいカラダしてやがるぜ……。これが全部俺のものなんだからな」

アタシのカラダを触り放題にしながら、男の手がアタシの手首を掴《つか》んで、何かを握らせたの！

「これは何だか言ってみろ」

それは、布に包まれていない剥《む》き出しの生肉だったわ。

「うぅん……知らないッ！」

そしたら、男の手がレオタードの前を掴み、ワレメに食い込ませてアタシの体重を持ち上げるの！

「ああっ痛い！　降ろしてッ！」

「なら答えろ！」

「ぺ、ぺニスよ！」

「どんなペニスだ？」

「……お、大きいわ！……………太くて硬いチンポよッ！」

「よぉし……ではその、お前の大好きなモノにサービスするんだ」

「アグッ…………ぐううっ…………イヤッ！　汚いッ!!」

赤黒く、生臭い臭気を放つ男根に、アタシの顔が押し付けられた。それがいきなり口の中に入ってきたもんだから、思わず吐き出しちゃった。

でも、男はアタシの頭を押さえて、無理矢理フェラチオさせようとしてくる。男のチンポは身体と同じで細長いの。こんなの入れられたって、全然気持ちよくならないわ。その長い先の亀頭が、アタシの喉《のど》の奥をグングン突いてくる。苦しい！

「ガキじゃあるまいし、今まで何百本もしゃぶってるんだろう。もっと舌を絡めるんだ。写真が公表されるかどうかは、お前のサービス次第だ。早くザーメンを飲めば、その分ポイントが上がるぞ」

イヤッ！　誰がこんな奴のをしゃぶったりするもんですか！

「ぐんっ………あんっ………むんんっ………」

でも、頭が上下にガンガン揺すられて、何も抵抗出来ない。

生臭いチンポがアタシの口の中を縦横無尽にズボズボ出入りしてる。……さっきより幹が硬くなってる。

「もっと唇で締め付けろ！　先を吸うんだ！」

イヤァアアッ！　フェラチオなんて絶対にイヤッ！

「ウグッ………ムグッ………ぐぶぅうっ……」

男はアタシの頭を動かすだけじゃなく、自分からも前後に腰を振ってる。汚いチン毛が顔に擦《こす》れてるぅッ！

「まだ自分の立場が分かってないらしいな。………なら、これでどうだ！」

「むぐぅぅううぅッ！」

男が急にピストンのスピードを速めた……。どうしてこんな事されなきゃイケナイの！

そしたら、物凄い勢いでアタシの喉を往復してた先っちょから、粘っこい液がドバッと噴き出してきた。

「うううぅぅっ………ブハッ！　ぐふっ……ゲフッ……ゲホッ………ゲフッ………はあああぁ……アフッ……」

熱いのが喉の中に入ってきて、殆《ほとん》ど全部飲んじゃった。

「どうだい、俺様のザーメンの味は？」

「はぁ……はぁ……はぁ………。終わったんなら……早く出てってよ！」

「何だと？　まだ分からないのかこのアマ！」

男はアタシを壁に突き飛ばすと、後ろからアソコの辺りのパンストを掴んで、ビリビリに引き裂いた。

「キャァアアッ、パンスト破っちゃイヤッ！」

「何だ、やっぱりこんなに濡らしてやがるじゃないか」

「違う！　それはオナニーの時の汁よッ！　はあぁあっ……」

いきなり太いのが入ってきた……。チンポだわッ！　男がアタシのオマンコにチンポを突っ込んだのよ！

「あああぁぁッ……前戯も無しなんて！」

「分かったか、お前は俺の奴隷なんだ。俺が望めばいつでもどこでもマンコを広げる、ダッチワイフなのさ！」

「抜いてッ！……抜いてぇええッ‼……あはあぁあぁあ……………」

アタシ、立ったまま後ろからヤラれてる！　しかも、レオタード着たまま！　細長いのをズッポリ入れられて……奥の奥まで掻き回されてるぅッ！

「ハハハハッ、汚れた便器を抱いて後ろから犯されてるなんて、お前にお似合いだぜ」

「うううううう……あはぁあああぁ………………」

オマンコにチンポ突っ込まれて、前後に動かされてる！　あああっ、8の字書かれてるぅうぅうううッ‼

レイト中にヤラれてる音がバンバン響いてる！　ウソよ、ウソよ。このアタシがレイプされてるなんてッ！

「こんなにマン汁垂らしやがって。エロ女め！」

「ううぅん……感じてなんか、いないわッ！　はあぁあああぁあぁああああぁ！」

「じゃあこの、俺のピストンに合わせて波打ってるケツは何なんだ？　牝犬《めすいぬ》だってこんなに下品じゃないぜ」

「違う！　アタシは犯されて腰振ったりなんかしてない！……あぁっ、イイッ！」

「へへへ。だがな、これはお前を悦《よろこ》ばせるためにヤッてるんじゃないんだ」

すると、男は急に抽送のスピードを上げた。

「あああぁあああああん！」

「オオ……お、おおぉ……イクぞ……お前のケツにかけてやる！　ウウ………

オアッ…………ああああっ!!」

「ああん、抜いちゃイヤッ！　はああぁあああん……熱いッ!!」

アタシのオマンコを擦ってたチンポが突然抜けたかと思うと、丸出しのヒップにピュッピュッて、熱いザーメンが飛び散ってきた。

「ヒドイわ……」

レイプされてザーメンまでかけられたアタシは、そのままの姿勢でぐったりしてた。

「最後までイカせて欲しかったか？　ハッキリ言えば、イカせてやってもいいんだぜ？」

そんな訳ないわ！　早く出て行って！

「……今、ピクッと肩が動いたな。いいだろう。望み通りイカせてやる」

そ、そんな事言ってない…………。

「やっぱり、反論しないな」

…………。

「ヤッてて気が付いたんだが……。お前はかなりの便秘だな。もう1ヵ月ぐらい溜まってるんじゃないのか？」

「……どうしてそんな事が分かるの⁉」

本当にアタシは1ヵ月便秘が続いている。この男に、何故それが分かったのかしら？

「その肌の荒れ方。それに妊娠したみたいに腹が張ってるじゃねぇか。見れば分かるさ」

「…………………」

妊娠したみたいにはなってないわよ！

「その便秘も一緒に治してやる」

「ええっ⁉」

便秘を治してくれるなんて……どうやって？　まさか、この男が医者だなんて事……。

「それにはコレを使うんだ……」

男はレイトの中のゴミ箱から、使い捨てられたトイレットペーパーの芯《しん》を拾い上げた。

そんな物で便秘が治るってどういう意味？　アタシ、からかわれてるのかしら？

「こうすれば、便秘なんて一発で治るさ！」

「あぐはぅううっ！……何するのよッ‼」

男はアタシをタイルの床に押し倒すと、トイレットペーパーの芯を仰向けになった穴にねじ込んできたの。

「ケツの穴にも簡単に入るじゃないか。流石エロ女だ！」

「こんなのイヤよっ！　取って！　お尻の穴に刺さってる物を取ってぇッ!!」

いくらヒップを振っても、深々と刺さってる筒は抜けなかった。

「今から薬を入れてやるんだ。暴れるんじゃない」

そう言った男は、アタシの下半身を押さえ付けて、チンポの先を筒口に当てがってる。

それから………ジャーって音が聞こえて、アタシのヒップにあったかいしぶきがかかってきたのよッ！

「あああああん………何入れてるのよッ!?」

「便秘の特効薬さ。これで溜まってた糞が全部出て来るから感謝するんだな」

「あ、あんたの小便でしょう！　そんなの入れて……あううううっ……！」

お腹に入ってくる。温かい液体が流れ込んでくる。

でも……これって浣腸《かんちょう》じゃない！　アタシ、浣腸されてるのッ!?

ううん、違う。これは浣腸なんかじゃない！　ウンチの穴にオシッコされてるんだわ！

こんなのヒドイ!!

「やめてぇえええぇえぇえええぇッ！　アタシの肛門に、オシッコ入れないでぇえええええ………！　ああああぁあああああぁ………………」

「もう全部入れちまったぜ。腹ん中がジャブジャブ言ってるだろう」

「あううううぅううう………」

アタシのお腹の中が……この男のションベンでいっぱいになってるぅううう！　あはあああぁあああああぁ……。

男にションベン入れられて、1分もしないでお腹が鳴り出したわ。最初はグゥ〜って。

「ほぉら、効いてきた」

「ああっ……イヤァ………うううぅ……」

「よく効くように、腹をマッサージしてやる」

「ダメッ！　触っちゃダメェッ!!……はぐぅうううっ……！」

もうギュルギュル言い出したわ……。あああ、お腹が痛くなってきちゃった……。

「浣腸は出来るだけ長く我慢すると効果的だ。ケツの穴に栓をすれば、いつまで我慢が出来る」

「イヤよ。アタシの肛門に、これ以上変な物入れないで！」

「俺はお前の病気を治してやってるんだ。そんな口のきき方をするもんじゃないぜ」

「ハヒィイイィイイイィッ!!」

男は掃除道具入れから棒タワシを持ち出し、長い柄をヒクヒクしてるアナルに挿入してきた。

「どうだ？　こんな細いのじゃ物足りないか？」

棒タワシの柄なんて、50センチぐらいの長さがある上に節まで付いてる物を、肛門から突っ込まれてるなんて！

「ここが行き止まりか？　タワシの柄がずっぽり入ってるぞ。深いケツの穴しやがって」

「あふぅうッ……気持ちイイッ！」

節くれ立った竹の棒が、アタシの肛門をグチャグチャにしてるッ！　節の出っ張りが、中の粘膜を擦って……ウンチを掻き回してるぅううぅうぅうううぅッ！

お腹の音が雷みたいにゴロゴロ言ってる！

「はぁぁん…………スゴイッ！　お腹が嵐みたい！……お腹の中で……竜巻が起こってる!!　ふうぅん…………出ちゃう…………ウンチがドバッと出ちゃううぅううううッ！」

「ん〜、もうタワシはストップさせないと、穴の横から糞が飛び出てくるな」

「あああっ……ダメッ！　止めないで！……ずっと出し入れさせてぇッ！　もっと激しく……竹の棒で、アタシのアナルを滅茶苦茶にしてぇえぇッ!!」

「ケツの穴にタワシを突っ込まれてよがるとは、本当に牝犬以下だな。ハハハハハハ」

「あはぁあああぁああああん！　お腹が…………お腹が痛いのぉおおぉおおぉッ!!」

「そろそろ避難しないと、俺が危ないな」

「あああぁん……お願いだから止めないで……。麗香……あなたのダッチワイフになりますから……もっと肛門を犯して下さいぃ………」

「犬以下の女の糞を被るのは御免だ」

「我慢します……。絶対出しませんからぁ……アアアアアッ！」

「そんなに青い顔して、全身に脂汗を垂らしてるじゃないか。もう限界だ」

「あぁぁ……………あ……もう……ダメェ……。はぁぁあああぁぁん」

そしてとうとう、ブバババババババババッ！って大音響をさせ、棒タワシを吹き飛ばしてアタシの肛門が大噴火を起こした。

「おおっ、思った通り凄い大噴火だ！　ちゃんと写真に撮ってるから、いい顔しろよ」

「はぅうん……撮って！　アタシが肛門からウンチ噴き出してるシーン、バッチリ撮ってぇええッ!!　最高に汚いスカトロ写真にしてぇえッ！」

凄い………。脱糞するのがこんな素敵な悦びだったなんて、知らなかった。

「ヒハァアアアァアアッ……気持ちいいぃいいいぃッ！　こんな……こんな快感初めてぇええッ!!　あああああぁあああぁあぁあああああぁあああぁッッ!!！」

こんなに気持ちがいいんなら毎日でもやりたいけど、1ヵ月ウンチ溜めないと気持ちい い脱糞は出来ないのよね。

めくるめく快感の中で、薄れていったアタシの意識は、静かに夢の世界に旅立って行った……。最高の美貌とプロポーションを持った麗香サマが、男子レイトの中で、ザーメンとウンチにまみれてるの………。

……………………………………ス・テ・キ。

※

1階の男子レイトで起きた異常な体験。でも、あれから2週間が何事も無く過ぎ去って、アタシはあの事を忘れるところだった。

ところが、今日の仕事が終わって事務所のロッカーを開けた時、その中には1枚のメモが貼り付けられていた。

〝今すぐあの場所に来い〟。メモにはそう書いてある。

「あの男からだわ！」

事務所の更衣室にまで忍び込んで来る奴なんて、他に考えられない。

「誰が……誰があんな男のいいなりになんかなるもんですか！　アタシの写真をバラまきたければ、そうすればいいじゃない。アタシは平気よ！」

アタシは命令を無視する事に決めて、さっさと着替えを済ませて家に帰ろうとした。

「絶対に行くもんですか！」

絶対こんな誘いになんて応じない。アタシはそう思っていたんだけど――、

「やっと来たか。遅かったじゃないか麗香」

「……ち、違うわ。ちょっと通り掛かっただけよ！」

気が付くと、アタシの目の前にはあのヘビ男がいた。アタシ、いつの間にかまたココに来ちゃってたわ。

「そんな格好で、用も無い階の男子トイレにどうやって通り掛かるんだ？」

男はニヤニヤしてアタシのレオタ姿を見てる……。またスゴイ事されるのかしら？

「フフフ、相変わらず物欲しそうな顔だな」

……アタシの美貌をそんな風に言うなんて、失礼よッ！

「今日はまず、トイレ掃除から始めて貰おう。この前のニオイがまだ残ってるだろう。臭くてかなわん」

「アタシのウンチの臭いなんかしてないわよッ！」

「自分のニオイだから分からないだけさ。ホラ、ここの便器を1個ずつ舐《な》めてキレイにするんだ」

「なっ…………。何でそんな事しなきゃイケナイのよおッ‼」

「分かり切った事を言わせるな。早く舐めるんだ！」

「アウッ……」

アタシは髪の毛を掴まれ、顔面を汚い便器に押し付けられた。

「痛い！　乱暴はしないでッ！」

「なら、とっとと舌を出せ！」

「ううぅ…………………………」

…………………この男には逆らえないんだわ。

「そうだ。お前は生きたダッチワイフなんだから、俺の命令には全て従うんだ」

「あはぁ…………あぁ…………」

「フフン、どんな味だ？」

「……………………ちょっと、苦いです……」

「ハハハハハ、そうか」

「そうそう、黄ばみ汚れを丁寧に舐めろ。落ちてる毛は全部食べるんだ。この様子をまた写真に撮ってやるからな。そうだ。この前のプリントをお前にも見せてやろう。自分がどんなに醜くて卑しい女なのか、自覚させてやる」

そう言って、男は黄ばみ汚れを唾液《だえき》で溶かしているアタシの鼻先に、数枚の写真を突き出してきた。

「どうだ？　お前がくされマンコを手でグチャグチャ言わせてるところと、ケツの穴から液状の糞が噴水みたいに出る瞬間だ。よく撮れてるだろう」

「イヤッ！」

そんな写真見たくもない！　アタシは目を背けて、早く掃除を済ませようと舌を伸ばした。

　けど…………。

「……………………………？…………………ちょっと……何よこの写真!?　何でこんなアングルで撮ってる訳？　せっかくの脱糞が台無しじゃない！」

　男がアタシに見せてる写真、ど下手クソな素人以下の代物だったわ。麗香サマを舐めんじゃないっての！

「第一ピントも合ってないし、Fも足りてないでしょう！　今時使い捨てだってもっとキレイに撮れるのに。バッカじゃないの！　こんな写真発表されたら、アタシが恥掻くじゃないの！　もう1回同じ事してあげるから、キレイに撮り直しなさい！」

「え………い、今からか？」

「ったり前でしょう！……………………でも、ここじゃぁ照明も無いし、いい画は撮れっこないわね……」

　そこでアタシひらめいちゃった。やっぱり天才ね。

「屋上に行きましょう。アソコなら自由なセッティングが出来るし、人が来なくていいわ」

　って、アタシのろまな男のケツを叩《たた》いて屋上に機材を運ばせてやった。

「ホラ、このカットはもっと絞り浅くして！　あんたカメラの使い方知らないんでしょう！」

「その角度じゃあウンチが出る所が写らないじゃない！」

「ハ、ハイ……」

「そんな安いフィルムで麗香サマを撮ろうっての？」

「事務所に中型カメラがあるから、それ持って来なさい！」

「そんな近くでオマンコ撮るんなら、接写用のレンズ使わなきゃダメでしょう！」

「ハメ撮りは手ブレに注意して！」

コンクリートの床にビニールシートを敷いて、アタシは上半身を亀甲縛りに緊縛して、乳首にはクリップを挟みつけた。アナルと膣《ちつ》に大人のオモチャを突っ込んで、1リットルの浣腸でお腹ギュルギュル言わせながら、ラブジュースだらだら垂らしてるわ。

「次はSM写真も撮るわよ。ホラッ、バイブを動かす！」

「こうですか………」

「さぁ、ウンチを出すわよ！　シャッターチャンス逃したら承知しないから！」

でも、この男ったら本当にトロイのよ。アタシの感じる事全然してくれないんだから。

「あああぁん……もうカメラはいいから。早くチンポ入れなさい！」

「でも……写真が…………」

「いいのよ！　アタシはSEXしたいの！」

アタシが怒鳴ると、ビビッた男はあの細い肉棒を剥き出して、バイブを抜いた膣に挿入した。

「そう……アアアァ……もっと激しくぅうぅ！　くふぅうううぅん……オマンコォオオオォオッ………オマンコが最高にイイわぁあああぁあぁあぁああぁッ!!」

こんな細いの我慢してやってんだから、精一杯腰使いなさい！

「はああぁああぁん………射精する時は……アナルに出しなさい！」

「ハイ……」

「あああん……あああん……あああん……ああん……イクッ……イクイク………イクゥウウウウゥウゥウゥン!!」

あぁ、思い通りのSEXが出来るって最高！　男のSEX奴隷を飼うなんて、どうして今まで気が付かなかったのかしら……？

「あぁ……はぁぁ………。いいこと？………明日も……明後日も………毎日ここに来なさい」

「そ、そんな……」

「アタシが望んだ時にチンポを立たせて、必ずアタシをイカせること！　もし出来なかったら………あんたの顔が写ってる写真、バラまくわよ」

それからアタシ、スカトロ雑誌で引っ張りダコ。スカトロクイーンなんて呼ばれちゃって、スーパースターよ。

便秘もしなくなったからお肌もツヤツヤ。益々美しくなっちゃって。
あ〜、言う事無しよね〜。

金髪ナース　乱交特別治療

ミンミンミンミンミン、忙《せわ》しなく蝉《せみ》が鳴き騒ぐ炎天下。ウィル・センチュリー・ビル4階のあの病院では、ライムグリーンのウェアを着たナースさんが、窓を空けて刺すような日差しに目を細めております。

この御方、髪は鮮やか金色。瞳はエメラルドをしているジンガイさんのようですが……関係者筋から入手した情報によりますと、カナダ生まれのハーフだそうです。名前は河屋《かわや》ユレイン。スペルはJULYNEです。別にジュレインと呼んでも構わないんですが、ここはとりあえずユレインにしておきましょう。

さてそのユレインさん、暑さで脳ミソ溶けちゃったみたいにダレきってます。そんなにダレてて怒られないんでしょうかねェ？

あ～あ……今日もクソ暑いなぁ。こんな日は仕事なんかしないで、パーッと海にでも行きたい気分よね。

フフフン、先週買ったビキニ着て～、プライベートビーチでオイル塗って～、お肌をこ～んがり焼いてたりすると、カッコイイ男にナンパされちゃったりするの～。

それからそれから、高級リゾートホテルで気温より熱い一夜が待ってたりするのよ～、キャーッ！

なぁんて考えたって、実際今日も仕事、明日も仕事。明後日も明々後日も、仕事仕事仕

事仕事仕事仕事仕事仕事仕事仕事仕事仕事仕事仕事仕事仕事仕事仕事仕事！　現実的に可能なのは、飲み屋で合コンぐらいなもんよね……。

　ニッコリ微笑《ほほえ》んで『河屋ユレイン、21歳で〜す』なぁんて言ったら……。頭の悪そうな男が『ユレインちゃんって、ハーフなの？　可愛いねェ！』って、人を梅宮●ンナの代わりにして迫ってくるだけだもん。

　カナダ出身なんて言ったら、何にも知らないくせに『カナダなんて俺の庭みたいなもんだ』ぐらいの勢いで嘘《うそ》ばっかり吐くんだから。

　あ〜あ……どっかにイイ男いないかなぁ……。看護婦なんて仕事選ばなきゃ、もっと出会いのチャンス出来たのに。こんな事ならスチュワーデスになっとくんだったなぁ……。

「ユレイン、今日の診察の準備は出来てるの？」

　ありゃりゃ、先生の声だわ。ダラダラしてたら先生に見つかっちったイ。くわばらくわばら。

「ハイ先生、今やってます！」

　なぁんて、私も日本人生活25年（ウソ）だから、ソバ屋の出前ぐらいお茶の子さいさいだもんね、ヘッへ〜ンだ。

「急いでね。私たちは患者さんの命を預かってる尊いお仕事をしてるんですから」

「ハイッ、承知してます」

って、私、先生に敬礼しちゃうのよ。んでもって、今私のオッパイの先っちょにいるのが私の雇い主。てゆっか、この病院の院長先生。短いワンレングスに眼鏡かけた、いかにもインテリ風のオバサン…………てゆうにはちょっと失礼。ギリチョン大サービスでお姉さんってトコのシト。

まぁ院長って言っても、医師1人看護婦1人でやってる小さな病院なんだけど……。お陰で人使いが荒い荒いの荒井注。

でも院長先生、仕事にかけては常に全霊を懸けて挑んでるプロフェッショナルなの。私、心の中では尊敬してます。

「ところでユレイン、昨日のコンジロームのクランケひどかったわねぇ。あんなブツブツで膿《うみ》だらけのチンポ見たの初めてだわ」

「へ？　はぁ……そうですね」

先生が何か変な事言い出したわ。

「臭いし触るのイヤだから、袋ごと切っちゃいましょうか？　ホルマリン漬けにして、どっかの研究室にサンプルとして売り付けてやりましょうよ。それ決定！」

……そ、そんな。

「それから先週性転換手術して欲しいって来た男の人ねェ。あれから何にも言ってこない？」

「ええ……何にもありませんけど…………。どうかしたんですか？」

「う～ん……ちょっと心配な事がね」

「心配する事なんてないじゃないですか、今の日本じゃそんな手術認められてないんだから」

「……あんな大きいクリトリス、絶対変よね………。ビラビラもゴキブリの翅《はね》みたいになっちゃたし……」

「手術したんですかぁ⁉」

「うん、やってみたかったから」

………コワイ。医学に対する向学心が恐ろしいわ！

「だってそうでしょう。チンポをマンコに改造すんのよ。こんな面白い事ないじゃない」

……先生高笑いしてる。

だから…………。だから泌尿器科って嫌いよ！　ろくな患者来ないんだから。

何てお下品な仕事の日々に追われているナースさんですが、この日の午後、また新しい患者さんのお世話をする事になったようです。一体どんな患者が来たのか、気になるので続きを見てみましょう。

ユレインさん、紙コップを手に持ってます。……検尿カップのようですね。どうやら患者さんの尿検査の用意をしているところみたいです。

カルテを見て、カップにマジックで患者さんの名前を書き込んでいます。その名前は
………ミタライ……。御手洗郁美だそうです。

……よし、書けたっと。落款《らっかん》押したいぐらいに上手く書けちゃったもんね～、フフフ～ン。でもこのクランケ、おもらし癖があってウチの病院に来たんだって。笑っちゃう！　さっさとカップ渡して洗面所に行かせないと、診察室で出されちゃうかも。アハハハハハハ……。

患者に対してド失礼な奴です。

でもそろそろ患者さんの採尿も済んでるでしょうから、お小水をトイレに取りに行かなくちゃいけませんよ看護婦さん？

うるさいなぁ、分かってるってるっての！

さてさて、洗面所に行って来ますか。フンフンフンフン♪

病院の洗面所には、検尿カップの受け渡しをしたりする、パチンコ屋の換金所みたいな小部屋がくっついてる。そこのちっちゃい窓の中に、患者さんがオシッコを入れたカップ

を置いて行くんだけど………。あるある、ホカホカのホットレモンジュースが。

こんな面倒臭《めんどう》い事しなくたって、診察室でジョボジョボって出せばいいのに。どうせマンコ広げて見せてるんだから、恥ずかしくないと思うんだけどな……。

「うわっ、なみなみ入って表面張力してる！　3分の1もあれば充分なのに、何こんな一杯出してるのよ」

クランケが置いていったカップ見て、私ビックラこいちゃった。

くんくんくん……。匂《にお》いはそんなにないわね。でも色はちょっと濃いかなぁ？

健康のためには、毎日のマンコチェックは必須。ヒダヒダめくって、ツヤとか匂いとか診た方がいいんだけど………そんな事するの変態だけだよね。

ウチの先生は毎朝……って言うか四六時中、イスに片足上げてお股《また》に手鏡あてがっていじってるけど。私にはどうにも健康チェックだとは思えないんだなぁ。

まぁいいやそんな事。ションベン運びなんてさっさとやっつけちゃおっと。……でも弱ったな。静かに運ばないとこぼしちゃう。

………………よっ…………両手でカップを持って……………………そ〜っとそ〜っと……すり足で歩いて……。

ああ……ドアドア…………肩で開けないと…………………………………。よしっ、クリアー！　後は腰を落として診察室まで5メートルよ。

「に～ん～げ～ん～ご～じゅ～ね～ん～～っと」

あと2メートルよ……。ホホホホ、楽勝じゃない。世界オシッコ運びグランプリが開催されたら、間違いなく私が黄金メダルだわ！…………なぁんて調子こいてたら、誰かがいきなり後ろから大声かけて来やがったのよッ！

「ユレイン！」

「ギャアッ！」

「ちょっと、お話があるんだけど」

何事かと思ったら、必要以上にエロい赤のレオタード着た顔色の悪～い女でやんの。脅かしやがって、この脳なし女！　麗香だったら先に言えっての。

「何よ、忙しいのに！　も～、半分もこぼしちゃったじゃない！　あ～あ～あ～、どうしてくれるのよ」

ヤベェ。ヤベェっすよ旦那。クランケのシーシーちゃんこぼしちゃってる。も～、手も白衣もビチョビチョ。

「何か、大事な薬だったのかしら？」

……………！　マズイわ、私が廊下でオシッコこぼしたなんて知られたら、責任問題じゃない。

「ううん、ただの水だから心配しないで。そうそう、話って何？　友達としてほっとけないわ」

「う、うん……あの…………。ユレイン……看護婦なんだから、専門外の事でも少しは分かるわよね？」

「専門外の事？…………中絶手術を安くして欲しいの？」

「つまらない事言ってないで。分かるでしょ、女が困ってる事！」

「女が困ってる事？　泌尿器科の専門外で？…………………………乳癌《にゅうがん》？……

…………パイパンじゃないわよね、いつもはみ出てるから」

「もう、便秘よ便秘！　恥ずかしい事言わせないでちょうだい！」

「なぁんだ、つまんない」

「何とかならないかしら？　お腹は張るし、肌は荒れるし………」

「ひどいの？」

「………もう1ヵ月出てないわ」

「1ヵ月も溜めてるの？　どうやったらそれだけ糞づまりになるの!?」

「……ユ、ユレインは便秘にならないの？」

「全然。毎日スルッと出てるもの」

「そう…………」

睨《にら》んだって、体質なんだもん。

「慢性化してるんなら専門医んトコ行くしかないでしょ。今溜まってるのを出すだけなら出来るけど」

「出来るの？　お願い！」

「いいわよ、病院で浣腸《かんちょう》すれば一発だから。割り引きにしといてあげる」

「か、浣腸はイヤよ！　私の美しさが許さないわ」

なら一生クソ溜めてろよ！

「浣腸以外にウンコ出す方法なんてないわよ………」

と思ったんだけど、そこで私は、白衣のポケットにある薬が入っていたのを思い出した。

「じゃあコレ飲んでみたら？　コレならただであげる」

そう言って私は、ピンクの糖衣錠剤を2つ、麗香の手の平に置いた。

「便秘の薬？」

「うん。じんわり効くヤツだから。お腹にも優しいの」

「そ、そう。使ってみるわ」

1週間飲まず食わずだったハイエナみたいに、麗香は便秘薬をひったくって階段を降りて行く。や～ねぇ、クソ溜め女なんて。アナルSEXする時ついちゃうんじゃないの？

それに人から物貰《もら》っといて礼も言わないなんて何様のつもりよ。

まぁいいわ、どうせ他人事だもの。それよりこぼしたオシッコ拭かなきゃ……。

ああっ、そんな事より、早く先生の所にコレを持っていかないと！………………と思ったんだけど……またトンデモナイ失態に気が付いちゃった。さっき麗香に渡した薬、アレ便秘薬なんかじゃなくて、超強力な下剤だったたんじゃん！　どうしよう、お腹傷めちゃうし、脱水症状も起こしちゃうよ……。

…………でもいいかな、効き目が強いだけの違いで、ウンチ出させる薬には変わりないんだから。

……って、そういう訳にもいかないわよね。麗香はどうなってもいいけど、あの薬高いんだから、取り返して来なきゃ！　先生に怒られちゃう。

私は大慌てでダッシュし、麗香を追って階段を駆け下りた。ところがそこで、ドンガラガッシャ～ンってすっ転んぢった。きりもみ4回転半はしてたわね。

「あいテテテテ…………」

あ～んイタァイ…………もう、何でこんな所に階段があるのよ！　うう～、どっかアザになってないかな？　え～と、え～と……。

ああああああああっ、しまったぁああぁあああっ!!　オシッコ全部こぼしちゃってるぅううぅッ!!　あああぁぁ、どうしようどうしようどうしよう!?　あぁ、違う違う。オシッコなんかどうだっていいのよ。高価な薬を取り返さないと！

だー！　そうじゃないそうじゃない。オシッコなくなっちゃったら、検査出来ないじゃ

なぁい！　何とかしなきゃ……何とかしなきゃ……。でもでも、どうすればいいのよぉぉぉ⁉

ウ～…………この際値の張る錠剤の方を優先しましょう！　私はそこら中に広がった尿をほったらかしにして、ズキズキ痛む腰を押さえながら立ち上がり、ヨロヨロと階段を降りて行った。麗香は3階の五十川プロモーションと契約している。多分そこにいる筈《はず》だ。

麗香いるかしら……………。でも、事務所に彼女の姿は無い。もうしてるのかと思って洗面所も探したけど、見当たらない。私ピ～ンチ！

もう外に出ちゃったとか？………1階探してみよっか？　1階1階っと…………。

と思って地上に出たんだけど…………どっこにも見当たらねぇっすよ。

あ、塾の入り口に眼鏡の女の子がいるから訊《き》いてみよう。

「あの～、変な格好の女見ませんでしたか？」

「は？……………………今1人見てますけど」

……何だとこの処女！　ケンカ売ってんのか⁉

……ま、まぁいいわ、遊んでる場合じゃないんだから。しっかり顔覚えといて、他の階を探しましょ。

んでもって、ビルの中の洗面所全部見て回ったけど、結局何処にもいな～い！　ああ、どうしよう……。こんな所で時間食ってられないのに。

仕方ない、ここは一旦諦《あきら》めて、オシッコの方を先に片付けるのが得策だわ。そう考えた私は、4階に戻っておもらし患者の御手洗さんを探した。もう1度オシッコ出して貰えば、何とか先生に言い訳が出来る。

でも、もうあれから何分も経ってるんだから、当然御手洗さんは診察室にいるに決まってる。診察室には先生がいる！　あああぁ、どうしよう………！　四面楚歌《しめんそか》の私……。

そうだ！　DNA検査する訳じゃなし、オシッコなんて誰のでも大差ないじゃない！

御手洗さんの病気はおもらしなんだから。きっと尿には特に異常は無い筈よ！　我ながらいい処に気が付いたわ！

フッフッフッフッ、さっきのカップを拾って、と。私のオシッコでゴマカしちゃおっと。

念のために、1階の洗面所でするのがいいわ。

「ルンルンルンルン、おしっこおしっこ放尿タイム～」

イン・ザ・プライベートルームした私は、ベロッとミニスカめくって、ズルッとスケスケパンティ下げちゃった。オニャンコ丸出しぃ～！　ホホホホホ、ナースはこんな時のためにガーターを着用してるんだから。いつでもどこでもイージーファッキン出来ちゃうのよね～。

さ～て、さっさと出すもの出して病院に戻らないと、年増の院長に怒られちゃう。

では…………………。

ふんっ……………………………………。

ふんんんっ…………………………………………………。

……………………………出ないわね。……困ったわ。

もっぺん、ふんんんっ…………………………………。

……………………………………………………………。

……………やっぱり出ない。

そうよ！　こういう緊急時には、私のジーニアスな医学知識を駆使して対処するのよ。

答えは簡単、膀胱《ぼうこう》に溜まってる尿を強制排出させればいいんだわ～ん。

でもそれにはカテーテルが必要じゃない。…………こっそり診察室に行って、盗って来なきゃ。

よぉ～し、素早く4階に戻って……ドアの隙間《すきま》から病院の中の様子を窺《うかが》って～………。

ナイスじゃない、年増もカマトトもいないわ！　どうせどっかでオペって濡《ぬ》れ濡れなんでしょう。

この隙に、カテーテルを拝借…………ホホホホホホ！　そぉれ、1階に直行よ。

「ジャンジャジャーン！　導尿カテーテル登場!!……これで排尿は思いのまま！」

さっそくオニャンコを出して、シーシーホールに突っ込まなきゃ。

まずはカテーテルをよ～くナメナメして濡らさないとね～。ベロベーロ、ベーロベロっと……これでＯＫ。これを尿道にヌルッと入れて、膀胱に到達させれば、自然に尿がダラダラ出てくるって寸法よ！

「ん…………よいしょっと……。指でオニャンコ広げて…………アララ……最近私の花びらもくたびれてきてるかなぁ？　あの淫乱《いんらん》にいじくり回させて、かなり黒ずんできてるみたい……。前はこんなにだらしなくビロビロしてなかったのに…………。可愛かったワレメちゃんが、今じゃぽっかりマンホールになっちゃってるじゃない……。ワッ、むささびみたいに広がる！」

　って、遊んでる暇無いんだったわ。挿入挿入……！　真ん中のちっちゃい穴に先っちょを……ズブッと……。

「ううん…………たまんなぁい…………。も、もっと奥まで入れないと…………アハァアアアァッ！　私…………今まで、あんまりカテーテルで遊んだ事なかったけど………この快感サイコウ！　これから毎日尿道にオペしちゃいたいくらい……　あああぁああぁん…………出し入れさせると気持ちイイッ！　背筋がゾクゾクして、全身鳥肌立っちゃうぅぅッ！あああぁん……マンホールにもオペが欲しい……！」

　尿道だけズボズボしてても物足りないから、私ったらアッチの穴もにゅっぷり掻《か》き回しちゃう。

「うふうぅううぅうぅうん……ボールペンでマンホール掻き回すとグッドよぉおおぉおおぉおおおおぉッ！　アハン……ウフン……はぁあああん……イイィイイィン！　ああっ、イキそう……はぁああぁん、イキそう！　奥が気持ちイイッ……奥が気持ちイイィイイイィッ!!　あああぁ……あああぁあぁあああ……はああああぁあぁあぁあぁあああぁあぁあぁ!!

はあああぁ…………ああぁ〜……………………………………。

……………あ……イクッ………………はあっ…………」

ああ〜ん、独りオペでこんなに気持ちよかったの久し振り。エクスタスィ〜だったわぁん。

「あ……膀胱に激しく出し入れしちゃったから、ションベン飛び散っちゃってる……あ〜あ」

私の下半身も便器も、個室の床までビッチョビチョのズルズル。床上浸水の甚大災害指定だわ。

「でもまぁ、充分な量がカップに入ったからOKね。……やだ、どろっとしたジュースもいっぱい入っちゃってるけど……どうせ私の名前で出す尿じゃないんだから良しとするもの也〜」

よしっ、これにて独りオペ完了！……じゃないや、採尿完了！

意気揚々。これでユレインちゃん面目躍如。職務安泰ってな具合よねぇ。

「NOOOOOOOOOOOOOOOOOOOO！」

ゲッ！…………何？　何なの⁉　どこから聞こえてくるの？　奇怪な叫び声がどんどん近付いて来てるような気がするぅぅ～！

「NOOOO！」

「ブギャアアアァアアアアアアアアアアアアアッ‼」

変質者よ変質者よ！　変質者がドアぶっ壊して個室に入って来たわぁあああぁッ！　街で噂《うわさ》のSEXYレディーの私をレイプしに来たのよぉおおぉおおおおぉッ！

「ハーイ、レディィ。ミーは、こういうモノデス」

「あ、ハイ…………」

アウトドアルックの髭面《ひげづら》のオッサンが名刺を渡してきたわよ。礼儀正しい紳士なんじゃない。

…………″トイレット博士　W・C・ニコルソン″って書いてある名刺だわ。

「NOOOOOOOOOOOOOOOOOO‼　ユーのトイレットマナーは、モーストバッドだ！　ハジをシレ！」

キャアアアアアアアッ、情緒不安定な人だったのねェ！　やっぱり何かされるんだわぁ～！

「コレは、コンネンドのグッドデザインショウをジュショウした、オナックスのBG‖6

９６９Ｄガタベンキだ！　ヒューマンテクノロジーをケッシュウしたメイキにタイシテ、ソノようなブジョクテキなホウニョウをするとは、ユー・アー・ニンピニン‼」

はえ？　何言ってんのオッサン？

「オコメには八十八ニンのカミサマがスンデイル……。ムカシのニッポンジンは、イイコトをイイマシタ。ソレとオナジク、聖《セント》トイレットには一一一〇ニンのカミサマがスンデイルのだ‼」

「……………１１１０人？　どこからそんな数字が出て来たんですか？」

「シロウトめ。十一ガツ十カが、トイレの日ダカラだ！　ハハハハハハッ、ワカッタカ！」

……かなりこじつけっぽいけど、私には関係無いからＯＫ。

「ユーにタダシイマナーがミにツクヨウニ、聖トイレットのレキシからオシエテアゲヨウ。ジュギョウリョウはタダだから、アトで五〇〇〇ニンにヒロメナサイ」

……そこは１１１０人じゃないのね。……そんな事より、こんな奇人さんに構ってる暇無いのよ。なんとかお引き取りして貰わないと…………。

「あの……私……見て分かりません？　ナースなんですのよ、泌尿器科の。ですから、洗面所には詳しいんですの」

「オー、ユー・アー・ナース！　ワンダフル！」

「私、これから21世紀を担う子供たちに、洗面所のレクチャーをしに行くところだったんですよ」

「アイム・ソーリー。ソレは、ジャマをしてワルカッタです。イッコクもハヤク、チルドレンのモトへ」

フフフフフ。私結構、変態の扱いには慣れてるのよ。

ではサヨウナラ、一生ここに住んでなさい。

ああっ、もう30分も経ってるじゃない！　激ヤバ！　マッハで戻らないと……この大失業時代、クビにされちゃう。

「エクスキューズ・ミー、ミス・ナース。ミーはノドがカワキマシタ。ユーのモッテイル、ドリンクをクダサイ」

「ゲゲエッ！　あああああぁ〜っ!!」

「ゴップ、ゴップ、ゴップ、ゴップ………グビビビビビ」

あわわわわわわわ………変態しゃんが私の大事な黄金水を奪って……喉《のど》を鳴らしてドリンキングしてるぅぅぅぅぅぅ!!　こ、こ、こ、このままでは飲み干されてしまうわ！

「ダ、ダ、ダメェッ！　これは私の小水なの！　飲んじゃダメ!!」

「ショウスイ?　オー、ユア・ションベン。イッツ・フルーティ！　グッド・テイスト。ベリー・ヘルシーです！」

ひいぃぃいいいいいいいいっ、コイツ本物の変態だわッ！

どうにかカップは奪い返したけど、殆《ほとん》ど飲まれちゃってるじゃな～い！　で、で、でも……尿検査には何とか足りそうだわ。仕方ないからコレで我慢しときましょう。

「ミス・ナース、ドリンクをくれたオレイに、プレゼントをアゲマス」

へ？…………何じゃコレは？　変態さんが何かくれたわ。手の平サイズの板だけど、何に使うのかしら？

「コレは、クソベラです。ニッポンでも、ムカシは、ダイベンを、ヘラでフキトルシュウカンがアリマシ。ソレは、ミーがツカッテイタモノです。タイセツにシテクダサイ。ミーはこれから、ロープをツカウコトにシマース」

「どアホー!!　そんなモンいらんわークソジジイ!!　あたたたたたたたたたたたたたたたたたたたたたぁ～ッ！　それから飛び付き式腕ひしぎ逆十字＆アルゼンチンバックブリーカー！　モンゴリアンチョップ＆炎のコマで引きずり回してくれるー！」

「ウップス！　ミス・ナース、ツヨイデース！」

「ホ――――ッ!!」
勝利のロングホーンよ。ここで『ウィ〜！』って叫ぶのは素人。
ハァ〜、疲れる……。でもどうにか悪は倒したわ。
さぁ、ダッシュよ！　僅かな資源をこぼさないように、慌てて階段で転ばないように、
年増院長に急いでた事がバレないように！
けど……院長先生ゼッタイ怒ってるわ。あの変態のせいよ！　ああ〜、もうどうしたら
いいのよ〜！
でまぁ、行くっきゃないわよね……。４階に行くのよ、４階のホスピチャルに。

※

病院の前まで来たわ。周囲に異常は無し！……でも恐いから、ちょっとドアの隙間から
覗《のぞ》いて見ましょう。

………あ〜、いるいる。カマトトぶった着物女と、いかにも男好きな色情オバサンが。

だがしか〜し、ここで覗いてたって始まらないし……しようがないから中入ろうか……。

なんちって、私は恐る恐る診察室に足を踏み入れたんだけど――、

「あ、あの〜……御手洗さんの検尿お持ちしました………」

うっ、院長がこっち向いた！

「あらユレイン、ご苦労様。丁度今カルテ書き終わったところよ。ナイスタイミング」

へっ？　あ……そ、そうなの？

「ユレインったら、いつも私の気持ちが分かってるのね。嬉《うれ》しいわ、ウフフフッ」

「あ……あはは…………そうなんですよ先生。私って気が利くでしょう！　もう、いつもいつも先生の事だけ考えてるんですからぁ！」

何だ、心配する事なんてなかったんじゃない。私ってバカみたい。あ〜よかった！

「じゃあ、今夜は久し振りに、スイートルームで燃えましょう……」

「あぁぁん先生……！　今から楽しみィ！」

「では、これから尿検査しますから。そのままで待ってて下さい」

ってクランケを待たせて、先生はカーテンの奥に消えて行きましたとさ。

それって当然私のニョウニョウちゃんよ。…………………やっぱ私、この場にはいない方がいいわね。

「わ、私……お薬作らないといけないんで……」

そう言ってクランケ１人を残して、私はとっとと診察室から逃げて来ちゃった。

んじゃけんど、外へ出たところでやる事も無いし、どうしよう…………？

………あ、そうだ。さっき変態に襲われた時、カテーテルほったらかしにして来ちゃったんだ。アレを回収しとかないと、私の1人オペが発覚しちゃうかもだわ。

なもんだから、また1階の洗面所に行かなくちゃいけなくなっちったい。ま、時間潰しには丁度いいけど。

ルルンルルルル……階段でェ……ゆっくり歩いて行っちゃおう♪

OK！　1階の洗面所に到着ゥ～！

お、カテーテルもそのまんま。…………って事は、黄金水が飛び散ったのもそのまんまって事ね。

それは掃除係に任せて、私は証拠隠滅にために、このゴムチューブだけを拾って行くのだー！　ワハハハハハ。

「ううう…………痛いよぉ…………痛いよぉ……」

ムムッ!?　壁の向こうから声が聞こえるわ。誰かが泣いてるみたい……。

こっち側の隣は男用の洗面所よね。子供の声には聞こえないけど……何を泣いてるのかしら？

「あああぁ…………痛いよぉ……誰か助けて…………」

痛い？　急病人かしら？……看護婦としては大いに気になるわ。

ちょっ、ちょっと覗いてみようかな？　別に、男の洗面所が見てみたい訳じゃないんだから……。

とにかく、行ってみましょう……。

「痛いよぉ……痛いよぉ……」

この声、結構歳いってる男よね。いい歳して、ナァニ幼稚園児みたいにギャアギャア泣いてんだか……。極度のマザコンとかそういうの？

……どれどれ、マザコン野郎の顔でも見てやるか？ってな感じで、私はジェントルマンズルームを覗き込んだのよ〜。そしたら大変。

あ、あらっ⁉ 何よ、超イイ男がいるじゃない。アアァン、素敵ィン！ あんないいスーツ着て、金持ちそうね。これは是が非でも助けてあげなくちゃ！ どこが痛いのかしらぁ？……って……エエエエッ⁉

キャーッ‼ チンコだわ！ あの人チンコ出してるぅッ‼ いやぁ……ヘンタァイ！

こんなカモ、見逃したらバチが当たるわ！

「ハ〜イ彼氏、そんなとこでチンコ出して何泣いてるの？ 看護婦さんがさすってあげちゃっても、いいのよン」

「あっ…………」

「フフフフ、隠さなくてもいいのよ。私はナースなんだから。この逞《たくま》しい男根が痛いんでしょう。治療してあげるから、よく見せてちょうだぁい」

「あ……そんなに強く握られたら…………。あうっ……痛いからしごかないで下さい」

「どこら辺がどんな風に痛むの？」

ああん、もっと揉《も》んで、さすってあげるわぁ。

「アウ……中の方が……シクシク痛みます……ああっ」

「ううん凄《すご》い……痛くてもこんなに血管浮かせてキンキンになるじゃない……あぁ、頬擦《ほおず》りしたくなっちゃう……」

もう素敵ッ！　高校生みたい！

「この雁《かり》の張り具合とツヤ、ステキよぉ。…………ふんふん……でも何か臭うわね。ウンチの臭いがするわ」

「そ、それは…………」

「ああぁん、さっきまでアナルSEXを楽しんでたのね！」

洗面所でアナルプレイなんて……羨《うらや》ましい！

「フフ～ン、なら原因は簡単。チンコの先から雑菌が入ったのよ。すぐに消毒すれば治るわ」

「ああ……看護婦さん…………」

「私がフェラチオしてあげる。フフフッ、ぴくぴくしてる……。雁にウンチがついてるわ。誰のかしら？」

ピチャッ、ちゅぱちゅぱ……ちゅぶるるっ。

「あぁぅ…………上手いッ！」

「ううん……硬いわ…………」

「そ、そんな所まで…………」

「消毒だもの、隅から隅まで舐《な》めないと」

私は怒張にたっぷりと唾液《だえき》をからめ、上へ下へと脈打つ肉幹を舐め擦り、舌先で裏スジや雁のくびれを何度もなぞった。

「どこが気持ちいいの……？　先の方？」

「おおお……ウハッ……！」

尖《とが》らせた舌先で亀頭に円を描いてやると、彼の腰がビクッと跳ねたわ。

「袋も、しゃぶってあげるわね……」

亀頭を手でしごきながら、金玉袋をぱっくり口に含み、ねっとりと粘膜の中で転がしてあげる。

「そんなテクニック……すご……あああぁ」

「今度は唇で締めてあげる……。喉まで入れてあげるわよ」

チュバチュバぶちゅぶちゅ、もう猥褻《わいせつ》極まりない音がしてるわ～ん。

「あああっ…………そんなに深くまで……！」

亀頭を喉まで飲み込んで、唇で幹を締め付けながら頭をストロークさせると、彼は上体を仰け反らせて悦《よろこ》んでる。

「ディープスロートは初めて？　ナースならこれぐらい誰でも出来るわよ。試験に出るんだから」

「そんな……ハウウウゥ……………看護婦さん、ピンサロ嬢より上手い！」

「じゃあ、肛門に指を入れたらどうかしらね……？」

「はぐうぅぅッ!!……こんな奥まで………………ウオオッ…………出し入れまで……！」

「ああん……感じてくれてるのね……。キンタマが縮んできてるわよ。……もう出ちゃいそう？」

「オオオゥ……そんなに激しくされたら……あぁっ……出るッ………出る出るッ！」

「出したかったらいつでも出して……私の顔にいっぱいかけてちょうだい……。雑菌を外に出さないと……痛いの治らないわよ……」

「あああ………あ……ううう っ……」

「じゃあ、フィニッシュに吸ってあげるわね」

「グハアァアアアァッ……！」

私は彼のアナルに中指をピストンさせつつ、頭を振って強烈に肉棒を吸い上げてやった。

ブチュブチュブーブー、おならみたいなバキュームが最高でしょう？

「ああ………ああ………ああ……もう、もう………出る………出るッ！　アウウ

ウウウッ!!」

「アハン！」

凄い！　ドバッ、ドバッ、ドバッ、ドバッ、ドバッ、って……何回も何回も何回も、熱い男のエキスが私の口の中で爆発し、顔面にぶちまけられてるッ！

「はあぁぁん、こんなに射精するなんて10代みたい。尿道に残ってるのも搾ってあげるからね……アンン……」

最後まで丁寧にペロペロしてあげたら、私彼に感謝されちゃったの～。

「…………あ、アレッ？　痛くなくなってる！　凄いや、流石《さすが》看護婦さんだ！　ありがとう。僕は楊足馬《ようたすま》という者です。お礼に僕のペニスをあなたのヴァギナに入れて差し上げます！」

「エエッ、そんなぁ……。わ、私はただ……看護婦として当然の事をしただけなんですぅうぅ。おペニス入れて下さるなんて、まるで期待してたみたいじゃないですかぁ～。第一、私、そんな大きなの入りませぇん。……だってだって…………あの……私、処女なんですぅ」

「そんな事言いながら、もうパンツ脱いでこっちにお尻突き出してるじゃないですか。さぁ、後ろからハメてあげます」

ズブッ、ぬずずずずっ！

「あはぁあああぁああああぁん！　イイィ〜!!　今出したばかりで、こんなにバリバリだなんてぇッ。ああっ……ああっ……最初から激しく……ズンズン突いてぇええっ！」

　ああんやっぱりチンコってブラボー！

「私最近……院長先生の相手ばっかりで………男の人久し振りなのぉ！　ああぁん……生チンコ最高!!　のの字で責めてぇええぇッ！」

「本当にご無沙汰《ぶさた》だったんだね。大洪水ですぐ抜けそうだ」

「あふぁあああぁん……オッパイの先っちょもコチコチ！　摘んでこねると気持ちいいッ！」

　すっごいの、オニャンコ気持ちいいッ！

「あはぁん……イイッ！……イイッ！　チンコ大好きッ！　洗面所でオニャンコするの大好きなのぉおおぉおおおおぉッ!!」

「うぐぅっ……キツイ締め付けだ……オウッ……」

「はあああぁああぁ……イキそう……もっと擦って……。熱いのちょうだい……。マンホール中に……アツアツのスペルマ沢山発射してぇええええぇッ!!」

「そんな乱暴に腰を振られたら……アグッ、出るっ！」

「アフゥウウウゥン……イクイクッ……イクからぁあなたもドピュッて飛ばしてぇえぇッ。はああぁあぁあああああぁあああぁっ!!」

アアアアァッ……久々のマグマのほとばしりが、私のマンホールの奥に浴びせられた。1発2発3発、4発……5発……凄い量。あふれちゃう……。

「ねぇ……あなたのチンコ……じゃなくてペニス、もっといじりたい……って言うのも違って、きちんと診察した方がいいから、今から4階の病院に来ない？　治療代ただだよ」

マンホールから抜かれたヌルヌルのチンコは、またキレイに舐めてあげたわ。

「そうだなぁ……。でも時間が…………」

「じゃあ決まりね。ささ、行きましょう。コッチよコッチ」

「ああっ、看護婦さん、ソコは引っ張らないで」

そんでもって、ルンルン気分で彼を病院に連れてったのよ～ん。ウフフ。

「と言う訳で、素敵な男性をお連れしました先生！」

ここはもう診察室よ。

「先生にもお裾《すそわ》分けと言いますか……。見てみますか、結構上物ですよ。しゃぶり心地バツグン！」

「ふ～ん」

診察室には先生1人。これはお楽しみのチャンスよねぇ。

早速彼にも先生を紹介。ご指名はかかるかなぁ？

「どうですかぁ、ウチの院長、歳の割にはいい女でしょ？　アソコはもうダラダラなんだけどね」

「うん、中々の美人だ。僕好みかな」

やったじゃないですか先生！　ご指名ですよ、ご指名！　1番人気！

「先生！　彼、先生みたいなのが好みのタイプなんですって！　このこのぉ、モテモテなんだから、このヤリマン女！　これで今夜は眠れませんね先生。憎いよコノ！」

って言ったんだけど…………ハレ？　院長ったら全然嬉しそうな顔してない。……どったの？

「……ねぇユレイン」

「はい？」

「さっきの検尿あんたのでしょう」

「へッ？…………と、突然何をおっしゃるんですかッ!?」

「カップの縁にラブジュースいっぱいついてたのよね～。あんたの味は知り尽くしてんのよ。殺すよ」

えっ……えええええええええっ！

「その上仕事サボってこんな馬の骨とハメ狂ってやがって、この色ぼけエロナースがぁあああぁッ!!　うりゃあああっ、ジェットアッパァアア――――ッ!!」

ＢＡＣＯＯＯＯＯＯＯＯＯＯＯＮ!!

「どひいいいいいいいいいいぃ～、すっかり忘れてたわぁ！……バレバレだったのねぇええええぇ～!!」

私……空飛んでるわ…………。若い人は知らないクラッシックな技で……華麗に宙を舞ってるわ……。どうせなら『このアマ』って言って殴られたかった……。

とか何とか言って、結局この夜3人で燃えたんだけどね。

団地妻　昼下がりの恥辱

ウィル・センチュリー・ビルディングの近くには〃松屋ストア〃というちょっと大きめのスーパーマーケットがありまして、営業時間中は買い物客が絶える事がありません。その野菜売り場で、1人の女性が夕食の献立でも考えているのか、アレコレと新鮮なベジタブルズを手に取って品定めをしています。

青みがかったロングヘアーに、歳の頃は20代後半……30手前ぐらいでしょうか？……何だか欲求不満そうな顔してます。

選んでいる野菜は、ナスやらキュウリ、ズッキーニなんて、何故か棒状のものばかり。

今度はトウモロコシに触ってうっとりしてます。一体どうしたんでしょう？

信頼できる筋からの情報によりますと、このオバサン……じゃなくてご婦人は、羽場狩《はばかり》翔子《しょうこ》さんというらしく。結婚7年の専業主婦で、来年小学生になる女のお子さんもいるようです。そのご主人というのがウィル・センチュリー・ビルのオーナーで、ビルの7階が自宅になっているとの事。

あ、奥さんトウモロコシを買って、嬉《うれ》しそうに店を出て行きます。トウモロコシがそんなに好きなんでしょうか？　ちょっとインタビューしてみましょう。

もしもし羽場狩さん、何がそんなに嬉しいんですか？

「え………これはその……。こんな太くて表面がボツボツしてるの……凄《すご》そうだったんですもの。早くウチに帰って試したくって、あぁぁ……」

……だそうです。奥さん、心なし早足になってます。

暇を持て余した主婦の趣味を非難は致しませんので、その後の好色オバサンを追跡してみましょう。

……おや。奥さん、自宅ビルを目前にして、急に顔色が青くなってきましたね。何か体調に異変でもあったんでしょうか？　下半身を押さえてモジモジし出しました。


あ……何かしら。私の下半身を襲う怪しい感覚は？

この下腹部をツンツン突付かれるような感覚は…………………………お小水だわ。わたくし、放尿したくなってしまいました。わたくし、用事場に行きたくなっちゃった。

でも、もう我が家は目の前ですから安心です。

………………なんですけど……おや、珍しい。入口の所に和服を着た女性がいるわ。まだ若いのに和服なんて風流だこと。

でもこの人、松屋ストアに行く前に、公園の公衆便所で会ったような……？

きっと気のせいだわ。早くウチに入りましょう。エレベーターに乗らなくちゃ。

わたくしはビルの中に入り、エレベーターに乗り込みました。

7階、7階。7階のボタンを押してっと。

ふぅ～、これなら1分かからずにウチに帰れるわ。ぎりぎりセーフね。

エレベーターの扉が閉まって、上昇が始まりました。…………とは言え……その1分が辛《つら》いわ……。

「ううぅん、早く着かないかしら早く着かないかしら」

チーン。……って？　まだ2階なのにどうして音がするの？

ドアが開くわ。………………………でも、フロアーには誰もいないじゃない。どうなってるの？

ああん、もう。閉じるよ、閉じる！　ほらほら、急いでエレベーターさん！　普段よりスピードUPでお願い。

チーン。……って？　また3階で停まったわ。やっぱり誰もいないじゃないの。

誰かの悪戯《いたずら》じゃないわよねぇ。あああぁん、もう！　閉じる、閉じる、閉じる、閉じる、閉じる、閉じる、閉じる、閉じる、閉じる、16連射よ！

そう言えば先週、エレベーターの調子が悪いって話、聞いてたような気がする……。メンテナンス費ケチってるからこんな事になるのよ！　はあああぁ……辛いわ……。

チーン。……って、いい加減にして下さらないかしら！　閉じる、閉じる、閉じる、閉じる、閉じるッ！

だけど5階でもチーン！

6階でもチーン！

「きいいいいいいぃ……出ちゃう出ちゃう出ちゃうぅうう！」

う…………くっ…………………………………………………。あと……………………………………………………1階…………。

それから最後のチーンだわ。

そんなにチンチン言われたって、一辺にそんなに沢山は……。わたくしの場合3本が限界かしら?……って、やっと7階ね。ウチのドアまでDASHよ！……と言いたいところだけど……もうチビりそうで小股歩《こまたある》きしか出来ないわ。はあぁあああぁあああぁ……。こんなプレイ、好みじゃないのに………。

ううぅん、お家のドアを開けて……。やったわ、マイホームにゴールＩＮよ！　買い物袋は玄関に置いて、用事場に直行……。

あら？　用事場に明かりが点いてる。誰か入ってるのかしら？

ブリブリって……あああっ、この音はあさがおね！　わが娘ながら聞いてて恥ずかしいわ。血は争えないというか……。

「ぐううぅうぅ、そんな事よりも…………わたくしの忍耐の限界が……あうぅううぅうぅ………」

せ、せっかく辛い思いしてウチまで来たのに……ココは使えないわ…………。どうしま
……しょう…………………。
と、とにかく……どこか別の用事場を探さなくちゃ……。下の階に行ってみたらどうか
しら？　このビルの用事場は全階共同だから、自由に使えるものね。
そうしましょう。６階に行けばいいんだわ。わたくしは急いで玄関の外へ出て、再びエ
レベーターの前に戻ってきました。
そこでボタンを押すと、エレベーターはわたくしが降りた時のまま止まっていて、すぐ
に扉が開きました。こういうの、ちょっと嬉しいです。
でも、わたくし焦ってて忘れてたんです。さっきエレベーターが全フロアーに停止した
事。冷静に考えれば、６階に下りるぐらい階段を使えばよかったのに……。
気付いた時には手遅れでした。何も、音がしないんです。静かです。モーターの音も何
も聞こえてきません。
「え…………？　止まった、のかしら……？」
表示は7階から変わっていません。つまり、今いるのは7階と6階の間という事です。
「ちょっと……。ねぇ！……誰か！…………どうなってるのォ！」
本当に、エレベーターは止まっちゃったみたい。
「ええっ、嘘《うそ》でしょう⁉　わたくしどうすればいいの！　誰か！…………誰かぁああ

あッ!!」

大声で怒鳴っても無駄でしょう。

「あぁぁん……オシッコ！……オシッコ出ちゃうぅぅうぅぅッ！！」

こんな時にはどこのエレベーターでも、非常通話機で管理会社と連絡が取れるようになっています。

でも、誰かが助けに来てくれるまで何分かかるでしょう？　1時間？　30分？……仮に5分で助けが来たとしても、それじゃあ遅いんです。わたくしは、もう限界まできてるんですから！　それに第一……こんな状況で人を呼ぶなんて、恥ずかしくて嫌です。

「あぁぁ……あああああぁぁあああぁッ…………漏れちゃう……。どうすれば…………どうすればいいのぉおおおぉッ！」

考えているうちにも、刻々と時間は過ぎていきます。

「ハアアアッ……！」

……今、背筋に寒気が走りました。全身には鳥肌が立っています。

「ウウウッ！」

あああっ……今……ちょっと出ちゃった……。もう我慢出来ない！

……仕方ないわ。どうせ誰も見てないんだから……ココでしちゃおうかしら？

「ダメダメッ、そんなはしたない事ダメェッ！　今はそれでよくっても、後で誰かに見つかったらどうするのッ！？」

　でもでも……これ以上我慢したって、絶対に漏らしちゃうわ。だったら、せめて下着を濡《ぬ》らさないように……自分から出しちゃった方がいい…………。

「うううぅぅううぅぅん…………そんな……犬や猫じゃないんだから……そこら辺に放尿なんて……アアアアァッ！」

　もうダメッ！　出ちゃう!!

　わたくしは限界を超えた尿意に抗しきれず、自らスカートをたくし上げ、モジモジと腰をくねらせてショーツを下げました。

「仕方無いの……。仕方が無いんです……」

　はしたないと言うより、猥褻《わいせつ》な姿です。世間の道理を弁《わきま》えている筈《はず》の大人の女が、エレベーターの中で下半身を露出させ、白い生尻も陰部も丸出しの格好でしゃがみ込んでいるのですから。

　それが、誰にも見られていないと分かっていても、わたくしは羞恥《しゅうち》の余り、密室の隅っこに向かって股間《こかん》を開いていました。

　ところが、わたくしが放尿をしようとした瞬間、エレベーターがガクンと軋《きし》み、再びモーター音をさせ始めたのです。

「あっ………う、動いてる？」

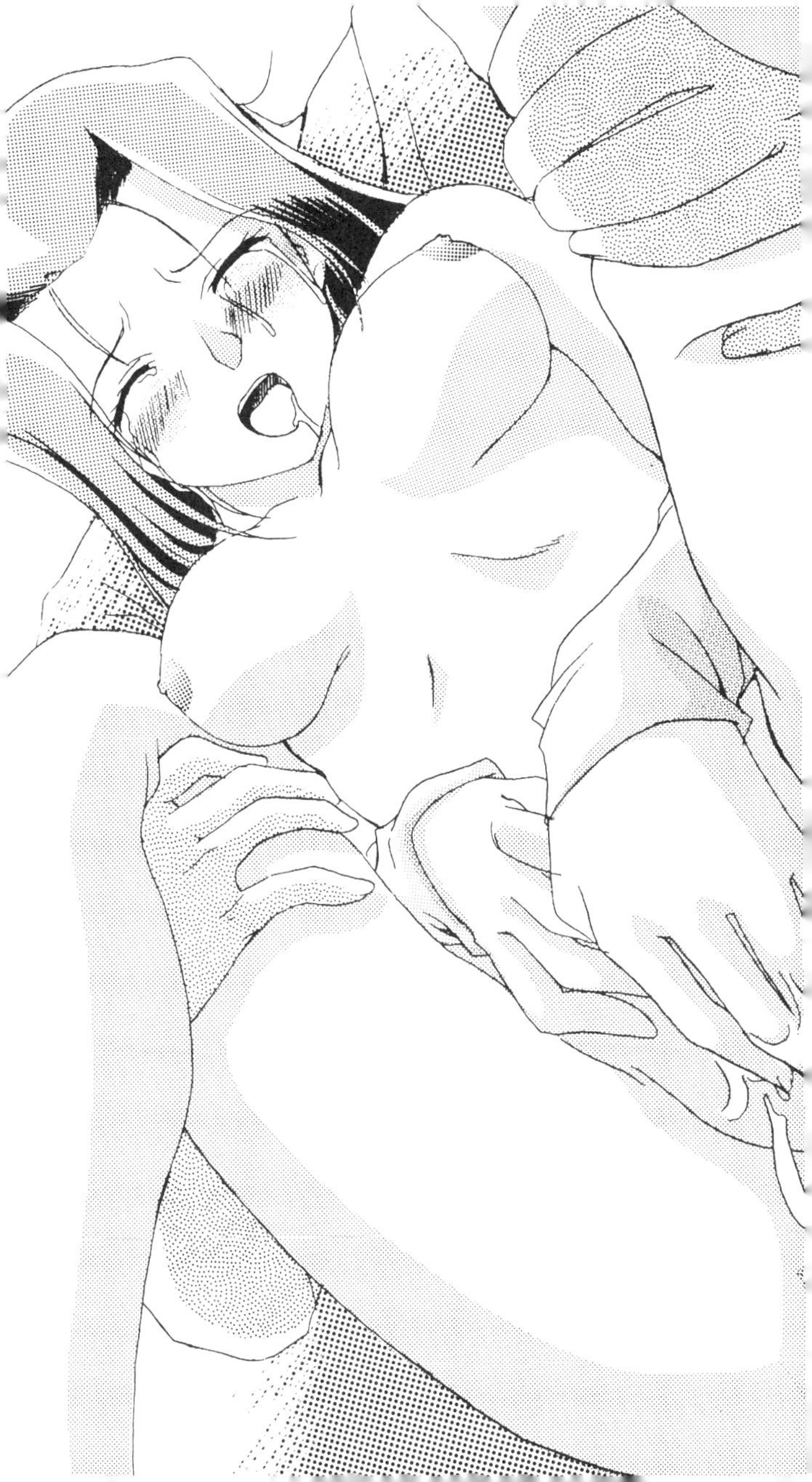

ド、ドアが開きました……。6階です。エレベーターが6階に到着して、ドアが開いたんです。
「……用事場に行ける！」

ドアが開けばエレベーターの中で放尿する必要はありません。わたくしは慌てて立ち上がり、通路の向こうにある用事場に駆け込む事にしました。

それなのに、慌てていたわたくしは膝《ひざ》の所にまとわり付いていた自分のショーツに歩みをすくわれ、中腰のまま転倒してしまったんです。

「きゃああっ！…………ああん、もう」

転んだ拍子に出ちゃったんじゃないかと肝を冷やしましたが、大丈夫だったみたいです。

でも…………。

「イヤだっ、また閉まっちゃった！」

せっかく開いたドアがまたしてもぴったりと閉じて、エレベーターが再び下降を開始したのです。自らの失態で千載一遇のチャンスを逃すなんて、わたくしって、ダメな女。

でも、今度はさっきみたいな事にはならないみたいです。6階を過ぎたエレベーターは、順調に5階に到着しようとしています。

チーンって、わたくしの好きな音がしました。

5階に着いたんだわ。今度こそ、用事場でオシッコが出来る。

…………………………………。

……。

「…………どうしたのかしら？　ドアが、開かない……」

ボタンをカチカチ押しても、ドアは全く開きません。

「あああぁあん！　意地悪しないでぇええぇッ！」

ビクともしない扉に背中を着け、剥《む》き出しの陰裂を手で押さえ、わたくしは天井を仰ぎました。

………これは、さっきの続きをするしかない！　下半身が裸のため、そう思い至るのに時間は掛かりませんでした。

「あぁ……やっぱりしなきゃイケナイのね………」

さっきと同じ位置で、わたくしは陰部を広げてオシッコポーズを取ります。後ろから見たら、肛門まで丸見えなのでしょうね。こんな痴態、写真に撮られたらと思うと、身体中が熱く火照ってしまいます。

その時です、気まぐれなエレベーターの扉がギギギギッと軋む音を聞いたのは。何の音かと思い、わたくしはオシッコポーズのまま上体を振り向かせました。

そこで………見てしまったんです。見た事のない大きな身体の男性が、エレベーターの扉を自力で開けようとしているのを！

「NOOOOOOOOOOOOOOOO！」

「キャアアアアアアアアアアッ！」

が、外人さんです……。身長2メートルぐらいある、髭《ひげ》を生やしたボディビルダーみたいな方です。自分1人の力でエレベーターのドアを開けるなんて………スゴイ！

ハワワワワワッ、外人さんがこっちに入ってきたわッ！

「NO！　エレベイターは、ホウニョウするトコロではナーイ！　ホウニョウは、聖《セント》トイレットでするノダ！」

「いやっ！」

突然の訪問者に、わたくしは身動きが出来ないまま、見ず知らずの外人さんに肛門を見られてしまいました。辛うじて手だけを動かして、見られたくない部分を隠します。こんな事なら、ちゃんとお手入れしとくんだっわ。

「ユーは、ウマレテカラ今までに、ナンカイ聖トイレットを使ったノダ？　マイニチ聖トイレットの恩恵にアズカッテおきながら、ナゼこんなバショでホウニョウしようとシテイルノダ!?　ユルシガタイ、聖トイレットへのウラギリだ！」

な、何を言ってるのかしら、この人？……恐いわ。

……ああ、恥ずかしい。どこかへ行ってくれないかしら。

もしかして！　この人、わたくしの成熟した女の魅力を目当てに、この肉体に乱暴しようと考えてるんじゃないかしら？　きっとそうよ。こんなに身体が大きいんですもの、ペニスだって凄いに決まってる。そのスゴイのでわたくしの肉壺《にくつぼ》を刺し貫き、激しく腰を動かして、欲望の猛りを数の子天井の奥に発射しようとしてるんだわ！……ケダモノッ！

か弱いわたくしは、狭いエレベーターの中で強引に組み敷かれ、抵抗も出来ずにレイプされてしまうのね……。あぁ……想像しただけで乳首が立ってるわ。

「ワカッタカ、野ションベン女メ！」

え………どうしたのかしら？　この人、便器のカタログを見せて熱心に機能の説明をしてくれてるわ。便器会社の営業マンなの？　それにわたくし、いつの間にか手に名刺が持たされてる。〝トイレット博士、W・C・ニコルソン〟？　日本語の名刺だわ。スピード名刺かしら？

あああっ、そんな事より！　も、漏れちゃう！

5階で止まったエレベーターはドアが開きっぱなし。用事場はすぐそこよ！　この人さえいなければ、オシッコ出来るのにィイイイイィッ！

「デハ、ミセースにはトクベツに、エレガントなデザイントイレットをショウカイしてアゲヨウ」

何か、また新しいカタログを出そうとしてるみたい。この隙《すき》に、用事場まで走って行けるかも！

　切羽詰まって思い立ったわたくしは、外人さんがよそ見をしているうちに、素早くフロアーに出ようとしたのです。

「ＮＯＯＯＯ！」

「あうっ！……いやあっ！」

　立ち上がったわたくしのブラウスは、外人さんに掴《つか》まれてビリッと音を出し、この身の脱出を阻みました。そして、わたくしの目の前で、無常にもまた、扉が左右から閉じてしまったのです。

「ミセース、これからがイイトコロだ。ヨーク、聴くノダ！」

　何なのこのオッサン……。エレベーターが……また下に向かってる……。

「この、オールマーブルのトイレットはイカガですか？　それとも、コッチの、ハイテクノロジーをクシシタ、フルオートシステムタイプがお好みカナ？　アンティークもＯＫ！　コレは、ヴェルサイユ宮殿で、マリー・アントワネーットがダップンしていた、マホガニーのポ・ド・シャンプルだ。モットモ、ミーは、このサニスタンドをオススメします！」

　男性用の縦型便器が変形したみたいな写真を指差してるわ。

「ムカシは、レディースにもタチショウベンのシュウカンがアッタのだが、イマはナクナッテしまって、ミーはヒジョウにカナシイ。ダカラ、ミーはイマ、レディースのタチショウベンをフッカツさせようと、世界中でキャンペーンしている。ミセースにも、タチショウベンのニアウ、ウツクシイレディにナッテホシイです」

……怒る気にもなれない。今は立ちションベンでもいいから、とにかく出させてぇッ！　なんて戯言《ざれごと》を聞いてる間に、またエレベーターがストップしてる。今度は2階の所が光ったまま停止してるわ。

あああぁ……もう、どうすればいいのよッ！　出ちゃう出ちゃう出ちゃうぅう！　早く出させてぇええええぇッ！

「OH！　ミセース、改心シテ、ナミダをナガシテいるのダナ？　OK。それで、聖トイレットもユルシテクダサルダロウ。コレカラハ、カナラズ聖トイレットで、ホウニョウするノダ」

「用事場に行きたくたって、閉じ込められてたら行けないじゃありませんか！」

「ソレはソウダガ……ミセースは今ホウニョウしたいのデスカ？」

「したいからオマンコ出してたんでしょう！　出たくて出たくてたまらないのよぉッ!!　もう限界超えてるのッ！」

「NOO。ソレはコマッタねー」

「お願ぁい、何とかしてちょうだぁああい！　タダで見せてあげたんだから、何とかしてよぉおおぉッ！　そうだわ。さっきみたいに、このドアを開けて下さらない？　お願い、早く開けてぇッ!!」

「OK。ホウニョウのタメナラ、ヒトハダヌギマショウ」

「ああっ、早くッ！……用事場で出したら……その後で、もっとよく見せてあげてもいいんですのよ」

「フンッ！」

「よろしかったら………エレクトした男根を挿入して、激しく動かしても構いませんし……わたくしの中で体液を発射されても………」

「フンッッ!!」

「あの………大きいんですか？」

「フンッッッ!!」

「………………？」

「フンッッッッ……!!」

「ちょっと………全然動かないみたいだけど……」

外人さん、顔を真っ赤にして扉を開けようとしてますが、全然ダメです。

「フンッ……。サイキンのエレベーターはガンジョウにデキテイル」

「さっきは馬鹿力で開けたじゃないの！　何で今度は開けられないのよ、使えないインポ野郎！　ああああああぁああぁあぁあああッ!!　ど～すればい～のぉおおおぉおおおおぉッ⁉」

「シンパイゴムヨウ。ミーにメイアンがアリマス」

「へっ？……どうすればいいのッ⁉」

「コレで〜す！」

……登山用の水筒じゃない。そんな物をわたくしに見せてどうしようとおっしゃるの？

「このキャンティーンに、ホウニョウするとイイデ〜ス」

「はぁ……？」

「シビンだとオモエバ、ダイジョウブ。タレナガシよりは、ずっとレイギタダシイ」

水筒にオシッコするなんて！　それなら垂れ流しの方がマシだわ！

……でも……この人が見てる所で垂れ流しなんて出来ないし……。あああぁ……どうしようどうしよう、ウウウウゥン！

し、仕方無いわね……。わたくしは頬を染めて、差し出された水筒を受け取る事にしました。

「……後ろを、向いていて下さい」

「ミーにキヅカイはイラナイ。ハヤク、ホウニョウしなさい」

はあああぁ……もう、他人の目なんて気にしてられません。下半身裸のわたくしは、またさっきの場所にしゃがみこむと、深い肉裂の真ん中に水筒の口をくっつけました。

「ネンノタメにイッテおくガ、そのキャンティーンは、ミーがクチをツケテ飲んだモノダ」

い、今になってそんな事言わないで！

でも……口を密着させないとオシッコがこぼれちゃうわ。

止むを得ない手段で、背後に視線を感じつつ、わたくしは下半身の緊張を解きます。一気に出てしまわないように、そっとです。

「んっ……んん……」

…………………………。

「ンンッ……うんっ……」

……どうしたのかしら？……出ないわ。

「んっ………………………………………………」

………………………………………………………

………………………………………………………

ああん、出ないッ！！

膀胱《ぼうこう》は張り裂けそうにパンパンなのに、後ろから見られてると思うと、緊張してオシッコが出てこない！

「ああぁん……あんんんんんんッ……………！」

「ミセース、ホワット・ハプン？」

「ああああぁ……出ないのッ……。オシッコが出ないのぉおおおおおおぉおおぉおおッ！　あはぁあああぁ……膀胱が、破れそうに痛いィ…………」

「NOOO！　イッツ・デインジャラス！　ソノママでは、ボウコウエンになるキケンがあります。NO、NO、NO！」

「そんなのイヤァッ！……膀胱炎になっちゃったら……また4階の病院に行かなくちゃいけなくなるぅううっ……」

痛い……。痛いのッ！　お腹の下が張り裂けそうに痛いのよぉッ！　下からは何も出ないのに、上から涙がポロポロ出てきちゃう……。

「シンパイゴムヨウです。ミーに、メイアンがアリマス！」

同じセリフを2回も言わないでちょうだい。

「ニョウドウコウを、マッサージしてアゲレバ、マッスルがヤワラカクなって、ホウニョウできるようにナリマス」

「で、でも……わたくしは手がふさがってるのに…………マッサージなんてどうやってすれば？」

「OK。ミーが、マッサージしますから、ミセースはキャンティーンを押さえているとイイデス」

「イヤです！　た、他人に尿道口を愛撫《あいぶ》されるなんて……あっ、ハアァァウゥ……！」

「スグニ、ホウニョウできます。シンパイはイリマセン」

この人……勝手にわたくしの秘部に指を入れて……。あああん…………太いぃいいいッ！　人差し指が、普通の人の親指ぐらいあるわッ！

複雑に重なり合った肉の花園を掻《か》き分けて、深い亀裂《きれつ》の奥に指を差し入れようとしてるッ！

「イヤッ、ソコはめくらないで！　あああっ、裏返すなんて……自分でもした事ない……」

常に濡れている粘膜の渓谷に侵入した指先は、目的の場所を探して縦溝を上下になぞっています。

「はぁあああああぁ…………もっと優しく……。チガッ……それは違う穴ですッ！　オシッコの穴がそんなに大きい訳ないでしょう……。ムゥウウウッ……指を入れて確認しないで！　そこは……わたくしの膣《ちつ》です！……指を出し入れさせないでぇッ！　はうぅ…………」

やがて、わたくしの内性器をいじくり回した指が、肉裂の丁度真ん中辺りにある小さな孔を発見し、そこをグイグイ圧迫し始めました。

ピンポイントにリズミカルな圧力が加わり、わたくしは腰が引けて、立っている姿勢を保つのが難しくなってきます。

放尿穴への刺激は、ただ押してくるだけでなく、上下左右への引っ張りや、穴の周辺を円状に撫《な》で擦《こす》るテクニックも使ってきます。

「はぁ……あはあぁ…………そんなペッティングされたら…………わたくし…………困りますぅぅ……クハゥウウウウウゥン」

「OH！　ミセース、スコシ、ニョウがデテイマス。ウィ・ガッタ・サクセス！」

「あああぁ……ま、まだです……。それは…………尿とは別の液です……」

オシッコがそんな粘ってる訳ないでしょう。意地悪な人！

「ああ……でも……出そうです。もっと……強くいじって下さい…………わたくしの消火栓を……滅茶苦茶にして欲しいのぉッ！……はあぁ、あううぅうううぅん!!　イイッ！　気持ちイイィイイン！……オシッコの穴いじられるの……最高ッ!!」

あああっ…………出るッ！　もうすぐ出ちゃう！…………ハアン、男の人の気持ちが分かるわッ……。出そうなの……たまらない！

「あはぁああああぁん……出る……出る出る…………アアッ……でるっ！！　アアアアアアアアアアッ!!」

出ました、溜まりに溜まったわたくしの黄色い温水が、ブシャアアアアア――――ッ！って、物凄い勢いで、間欠泉みたいに噴き出しています。

「イッツ・グレイト・ピス！　ミセース、スバラしいホウニョウです。デハ、ミーはコレデ、グッバイです。メイ・ザ・トイレット・ビー・ウィズ・ユー！」

そう言い残し、大きな身体が天井のメンテナンスハッチを開け、ケーブルを伝って上に昇って行きました。そんなに急いで帰らなくたって……。

するとまたしても気まぐれなエレベーター君が動き出したのです。1階に向かって、下っているようです。

その間もわたくしの小用は続いています。どんどんどんどん、水筒に尿が溜まっていきます。それでも放尿は止まらないどころか、勢いすら衰えません。

「あああん、こぼれちゃうこぼれちゃう。……イヤッ！」

慌てて周囲を見回しても、代わりの水筒などありはしません。助けてくれる人もいなくなりました。

「ああっ、オシッコ止まらない！」

不浄の温水が水筒の口から溢れ出し、床に落下してビチャビチャしぶきを散らせています。

そこで、エレベーターは階に到着して、わたくしの真正面のドアが左右に全開します。

ああっ、イヤアァアアアアアァッ!!

ここは1階です。塾の生徒さんたちが、エレベーターの前にいっぱいいます！　みんな、若い人たちです！　何十人もです！

「オイ……何だよあれ？　オバサンがエレベーターの中で下半身裸になってるぞ」

「あれ……ションベンしてるんじゃないのか？」

「本当だ。スゲェ勢いのションベン出してやがる！」

あああっ、イヤッ！　見ないで！……見ちゃイヤァアアアアァッ！

出始めてから1分以上経ってるのに、まだ放尿が止まりません。それどころか、生徒さんたちに見られたショックで腰が抜けてしまい、肉裂の角度が変わって、人垣目掛けて5メートルぐらいの放物線を描いて飛び続けています。

「うわあっ、キッタネェ！」

「ナニ？　あの人このビルの上の階に住んでるオバサンじゃない？」

眼鏡をかけた女の子も、わたくしを蔑むような眼差しを向けています。

「そうだよ、俺見覚えある。美人のオバサンだと思ってたのになぁ……ショック」

「美人に限ってこういう趣味があるんだな」

「でもスゲェなぁ。大人のマンコってあんなになってるのか……」

「お～い、誰かカメラ持ってたろう、撮っちゃおうぜ」

「あ………あはぁあああああぁ…………」

見られてます……。女の秘密も、何もかも……。

これでもう、わたくしはこの世で生きていけなくなってしまいました。でも、放尿は止まりません。

生徒さんたちに見られながら、下劣な牝犬《めすいぬ》は、この後3分間にわたって黄金のしぶきをあげ続けました。

※

わたくしの長時間にわたる大量の放水が止まると同時に、塾の休み時間が終わって、生徒さんたちは教室に戻って行きました。

けれど、わたくしを………イエ、子供を産んだ女の淫肉《いんにく》を見ていた時の少年たちの視線は、子供とは思えない野性味を放っていました。考えてみれば、彼等だって18歳なんです。もう大人なんです。

あの時血走っていたのは目付きだけでなく、下半身にも青春の有り余ったエネルギーが血走っていたのを、わたくしは見逃しませんでした。

「若い男の子のって、どんなに凄いんでしょう……？」

「もう、先っちょの皮は剥けてるのかしら？」

「朝は、痛くて目が覚めるのかしら？」

「もう……女のカラダを知ってるのかしら？」

ウチに帰ってからも、入浴してベッドに入っても、その事が頭から離れません。

そして翌日、わたくしはとうとう、込み上げる欲情を抑え切れず、1階の男子用事場に入って、男の子たちのニオイを思いきり吸い込んでいました。

それは、異常に濃縮された栗の花のニオイでした。まさかと思って個室のドアを開けてみると、そこには噎《む》せ返る程の臭気を放つ、男汁がまき散らされていたのです。

「凄い……塾の男の子が、ここで休み時間にマスターベションしてるんだわ。やっぱり、若い子って1日に何回も射精しないと治まらないのね……」

更にオシッコの匂《にお》いも混じって、目に染みるぐらいの刺激臭がします。

「若い子のオチンチンをめくったら、こんなニオイがするのかしら……？」

そう思うと、わたくしの中に切ない想いが高まってきて、たまらない気持ちになってしまうんです。

娘を産んだ時のように乳房が張って、先端は恥知らずにしこり、下半身が疼《うず》いて仕方ありません。

わたくし、無意識の内に胸をはだけ、乳首をいじってショーツも下げていました。

そして、不潔な便器の縁に肉襞を押し付け、激しく腰を使ってしまったんです。

「ううん……大人の毛がいっぱい落ちてるッ！……あああぁん」

わたくしは、犬にも劣るケダモノです。こんな汚れた場所で、ヒノついた肉体を慰めてしまうなんて。

「あはあぁぁ…………はああ……イクッ！」

スペルマで汚れている和式便器に乳白色の女汁をべっとり付着させ、わたくしは軽いアクメに達しました。そしてそのままタイルの床に座り込み、眠るように気を失ってしまったのです。

そして……夢を見ました。

わたくしの陰部を見て、大勢の男の子たちがマスターベーションしている夢です。若くて熱い、量の多いスペルマが、わたくしの生肌に次々と飛びかかってきます。

「あぁ……欲しい……！　若い子の精が欲しいの！　ピチピチの逞《たくま》しいので、オバサンのオンナを貫いてちょうだい！」

淫《みだ》らな夢にうなされながら、わたくしは衣服を乱したまま、臭い個室の中でポルノ雑誌みたいなポーズで眠っています。

でも、何か股間にモゾモゾするようなくすぐったさを感じて、わたくしは目が覚めました。

……………！　男の子です。塾の生徒さんらしい男の子が1人、わたくしの性器を珍しそうに覗《のぞ》き込み、指で広げていじっています。わたくし、声が出そうになっちゃいました。

きっと女性自身を見るのが初めてなのでしょう。目をギラギラさせ、鼻息も荒くなっていて、わたくしが薄目を開けて見ているのにも全く気付きません。

そこで、男の子が乾いた指で肉豆を擦ったんです。わたくし、小さく悲鳴を上げてしまいました。

「イタッ！」

それで、彼と目が合ってしまいました。彼は凍り付いたように固まって、サーッと顔面から血の気が引いて行くのが分かりました。

だから、わたくしはこう言ってあげたんです。

「さ、触るだけならいいから、気が済むまでお触りなさい」

そうして目をつぶると、暫《しばら》くしてからまた指が動き始めたんです。さっきよりちょっと大胆な、それでもまだ遠慮がちな指使いです。

「ああん………そこは、そうじゃない……。もっと優しく……可愛がってちょうだい。

指を奥まで入れて。…………1本じゃダメッ！　3本にしてぇッ！」

　再び彼を見たら、ズボンの前が痛そうに張り詰めていたんです。わたくし、つい手を伸ばしてジッパーを開け、ガチガチの怒張をさすってあげていました。想像通り、亀頭は少ししか露出していません。

　男の子の指に肉襞を与えながら、わたくしは彼の反り返りに唇を寄せます。

　包皮を引き下げてみると、真っ赤に腫《は》れ上がった粘膜部がベロリと全容を現し、ここの便器と同じニオイが鼻を突いてきました。

　恥垢《ちこう》もいっぱい溜まってますが気になりません。そのままそっと口付けをし、ぱっくり口に含んで喉《のど》の奥で敏感な部分を擦ってあげたんです。

「あああっ！」

　経験の無い男の子には刺激が強過ぎたらしく、彼はのた打ち回って喘《あえ》ぎました。

　なのにちょっとフェラチオを中断したら、今度はわたくしに伸し掛かってきて、汁を滲《にじ》ませている先っちょを入れようとしてくるんです。

「ああっ、ダメッ！　触るだけっていったでしょう……」

「グウウッ……あん…………そこは違う……もっと下よ」

「そう、ソコッ。思い切り突いて！…………はあああぁん!!」

　やっぱり、若い子って凄いんです。テクニックなんかないけど、滅茶苦茶なパワーでわたくしをよがらせるんですもの。

「あはん……あはん……イイッ！……イイわっ、若い子のチンポ素敵ィッ！　こんなに活きがイイなんて……困っちゃうううぅッ!!　ねぇ……わたくしの中、ザラザラしてて気持ちいいでしょ?……そんなにくたびれてないんだから……締め付けだって10代みたいに強いのよ」

「あああぁ……オ、オバサン……もう、出ちゃうよ！」

「イヤン……オバサンなんて言わないで。……翔子って呼んでちょうだい……」

「ううううっ……出るッ！」

「あはあああぁん！」

何という事でしょう。コンドームも着けずに、夫以外の男性に、膣の中で射精されてしまいました。ドクドクと熱く激しいほとばしりが幾度も浴びせられ、わたくしは五体を仰け反らせて悦《よろこ》びを噛《か》み締めました。

そこへ、別の生徒さんたちがやって来たんです。今の淫らな行為を見て、7人の男の子たちが集まって来ています。みんな、本物の裏ビデオを目撃して呆然《ぼうぜん》としていたようですが、その中の1人が口を開きました。

「オ、オバサン……僕にもやらせてよ」

それを皮切りに、全員が異口同音のおねだりをしてきます。

「僕にもやらせてよ」

「俺にもやらせてよ」

「いいでしょ、オバサン！」

「入れさせてよオバサン」

わたくし、猥褻に広がった肉裂から泡立ったスペルマを滴らせながら、返事に困りました。勿論、彼等の視線は既にわたくしを犯しています。

「…………オバサンって言わないで」

そう呟《つぶや》くと、一番目を血走らせている子が、焦ったように言ったんです。

「翔子さん……俺、我慢出来ないよ！」

レイプです！　若さを滾《たぎ》らせた18歳の少年が、汗ばんだ女の肉体に襲いかかってきたんです。

「イヤァアン！　それだけは許してぇッ!!」

続けざまに7人全てが濡れた肌に群がり、わたくしは14本の手に乱暴されました。

「ダメッ！　触っちゃイヤァアァッ！…………………じゅ、順番に並んで！　1人ずつにしてちょうだい!!……ちゃんと全員としてあげるからッ！」

すると、男の子たちは素直に従ってくれて、1人ずつわたくしの膣にペニスを挿入していきました。

「ああぁっ……凄く硬い……。若い子のチンポ大好きッ！」

「翔子さんの中スゴイ！……グチュグチュしてて気持ちいい……」

「いいのよ……。わたくし、妊娠してても構わないから…………オマンコの中に射精してぇええええぇぇええッ！」

「……うぅっ！」

また、熱いのがかかりました。

返答する前に、次の子が喘いでいる口にいきり立ったモノをねじ込んできました。

「お、俺フェラチオがいい！　いいでしょ翔子さん」

…………さっきの子のより…………太い……。

次の子も、また次の子も、白いマグマをたっぷり発射して、わたくしの花園を、喉の奥を、乳房もお腹も、太腿《ふともも》にも背中にも、お尻にまでも、夥《おびただ》しい飛沫《ひまつ》を散らせてゆきました。

「かけて……かけてぇッ！　白いのいっぱい飛ばしてぇええッ!!」

でも、本当に凄いんです。みんな、1回射精したぐらいじゃ、全然角度が変わらないんですもの。わたくし、また濡れてしまいます。

1回ずつ発射していった彼等は、次の授業の始まりに、慌てて教室の帰って行きました。

みんな、受験生ですものね。

「…………いいの？　１回だけじゃ、満足出来てないんでしょ？」

あれから50分後、精液まみれの全裸女は、10歳年下の男の子たちにそう囁《ささや》きかけました。

わたくし、帰れなかったんです。授業が終われば、また男の子たちが来てくれるんですから……。個室から１歩も出られなかったんです。

また来ました。バナナみたいに反った若根をバチンバチンお腹にぶつけて……。それが、わたくしの肉壺の中で暴れるのがわかるんです。わたくし、すっかり若いペニスの虜《とりこ》になってしまいました。

「あはぁあああああっ……マスターベーションするなら、オバサンのオマンコに出してッ！　オバサンを用事場に使ってぇええええぇッ!!」

それからというもの、生徒さんたちは毎日わたくしを用事場に呼び付けるんです。

「翔子、裸で待ってろよ」

「もっと舌からませろよ翔子」

「今日はマンコ臭いぞ。ちゃんと洗っとけよ」

わたくし、〝トイレの翔子さん〟なんて呼ばれてしまって……困ってるんです。

若い人たちに脅迫されて、毎日毎日百回はＳＥＸの相手をさせられるんですもの。

こんな生活続けてたら、いずれは密室でガス栓を開かなければならなくなります。もしも……この事が主人や娘に知れたら……。わたくし、どうすればいいのでしょう……。そ

の心配さえなかったら、このスペルマ天国を心から満喫できるのに……。

「ああ……いらっしゃい。オマンコ？　お口？　それともお尻の穴？」

「早く射精して、教室に帰るのよ……」

「はあああああぁああん……かけてッ！」

「オバサンはみんなの精液便所だから、好きなだけ出してぇえええええぇえぇええッ‼」

女子校生　淫蜜個室授業

え〜、さてみなさん。そろそろこの本も佳境、5人目のキャラクターが登場します。
そこで、何か気になってる事はございませんか?
第1章からチョコチョコと顔を出している、メガネの女子校生ですよ、旦那方。中には
メガネッ娘はまだか!とやきもきされていた方もいらっしゃるのでは。
そんなあなたのために、ようやく彼女の出番がやって来ました。オカッパ頭にヘアバン
ドを付けた、可愛いメガネ少女の名前は、流雪子《ながれ》ちゃんです。雪子と書いてセツコと読み
ます。ユキコじゃありません。仇名《あだな》はせっちん。誰に付けられたのか、小学1年生の時か
らそう呼ばれています。眼鏡ファンには嬉《うれ》しい事に、せっちんの視力はかなり低く、眼鏡
が無いと殆《ほとん》ど何も見えないそうです。
今更説明するまでも無く、せっちんはウィル・センチュリー・ビル1階の御鳴学院に通
っています。只今は模擬試験の真っ最中。せっちん、テスト用紙に向かって真剣な顔して
ます。

夏休み前の、うだるような昼下がり。街全体が小休止でもしているかのように、その動
きが止まって見えていた。聞こえるのは遠くからの蝉《せみ》の声だけ。
ここが駅前のビルの中であるため、いつも車の走行音に気を散らされている身には実に
有り難い。こんな時にこそ勉学に励んで、ライバルに差をつけなければならない。

この御鳴学院塾は特別合格率が高いという訳ではないが、主に地理的な条件から、わたしは入塾を希望した。要は己の努力次第。塾の知名度も、講師の能力も関係無い。

わたし自身は、この塾をまずまずのレベルだと思っている。現に今日の模試にも、そこに高難度の出題がなされている。ざっと見たところ、90点は取れる問題だった。しかし、以前にも間違った問題の解答を覚えていなくて、また不正解になりそうだ。同じ過ちを繰り返すとは、わたしもまだまだだなと、自嘲《じちょう》せざるを得ない。

しかし、解答を半分書き込んだところで、わたしは突然身体の変調を感じて上体を起こした。

（………まずい。始まっちゃった）

何の事はない。予定よりも若干早く、お月サマがやってきただけだ。幸いにも生理用品の持ち合わせもあるし、案ずる事は無いのだが……。今はテスト中だ。

模試だからまだいいようなものの、これが入試本番だったら大事だ。体調管理も出来ない自分の落ち度以外の何物でもない。

やはりここは我慢するべきだろう。そう考えて再びシャープペンシルを握り直したのだが、どうにも落ち着かない。放っておけば下着も汚してしまうし、今日の失態を戒めとして、ここはギブアップした方がいいのかも知れない。

そこでわたしは挙手をして、講師にうつしやに行かせて欲しい旨を申し出た。今日の講師が女性で救われた。

　わたしはポーチを持って静かに席を立ち、後ろのドアから廊下に出て、うつしやに向かった。

　だが、わたしがうつしやに入ろうとしたところ、入口で買い物帰りの主婦らしき女性がその中を覗《のぞ》き込んでいるのに出くわした。おかしな事に、その女性は男子用のうつしやを頻《しき》りに気にしているのだ。

「今は授業中みたいね……男の子のオチンチンが見れないわ……」

　その女性は、わたしの存在に気が付くと、焦った様子でエレベーターに乗り込んで消えて行った。

　聞き違いだったのだろうか。非常に危険な独り言を呟《つぶや》いていたような気がしたのだが。

　まぁいい、ゆっくりしている時間は無い。わたしは気を取り直してうつしやに入った。

※

　個室の扉に内鍵《うちかぎ》を掛けると、真っ先にショーツを脱いで汚れが付いてないか確認する。よかった。血は付いていなかった。そこでわたしは便座に腰掛け、ポーチを開けて、中に入っている生理用品を取り出す事にした。

中にはナプキンとタンポン、両方のメンズグッズが入っている。ナプキンは普段わたしが使っているもの。タンポンは学校で友人に貰《もら》ったものだからだ。

わたしは迷わず、使い慣れたナプキンを取り出した。でも………。せっかく貰った物だし、未知の世界への興味もある。

手にしたナプキンを一旦ポーチに戻し、わたしはタンポンを摘み出した。

「こんなの……膣《ちつ》に入れてる人がいるんだ……」

性器の内部に指さえ挿入した経験のないわたしは、細長い包みを見詰めて考え込んでしまった。

これを貰ったのは1週間前。体調を崩して体育の授業を休んだ時の事だった。授業内容は体育館でのバレーボール。もう1人授業を休んでいた親友のミッちゃんに誘われて、わたしたちは体育館裏でお喋りしていた。

正直なところ、わたしは最近のミッちゃんを避けていた嫌いがあった。理由は簡単。ミッちゃんには彼氏がいるという事だ。それも、わたしが目撃しただけで、今の彼氏で3人目。

ハッキリ聞いた訳ではないが、初体験は最初の彼氏と済ませているらしいような話を時どきしてくる事がある。だからそこに、自分の親友が何度も性行為を経験しているという事実を、素直に受け入れられないわたしがいるのだ。

その時の2人の会話も、どことなくぎこちなかったと思う。ミッちゃんの方は屈託なく話し掛けてくれてるにも拘わらずだ。

そこでミッちゃんは、体育を休んだ理由をこう説明してくれた。

「あたしさぁ、今日ハタビなんだ」

「あ、そうなんだ………」

「今月来ないかと思ってビビってたんだけどね。よかった、あって」

「………………」

それから会話の最中、何を思ったのか突然こんな事を言い出した。

「あ、あたし今のうちにタンポン替えとこ」

わたしの目の前でスカートをめくったミッちゃんは、何のためらいもなくショーツを脱いで下腹部を開け広げにした。その時点で、彼女の下着のアダルトさに面食らい、真っ黒に繁ったヘアーの量に目が飛び出そうになった。

ミッちゃんは、わたしが使った事のない長細い形の生理用品を手にし、包みを破って真新しい中身を取り出した。

そう言えば、さっきミッちゃんは『タンポンを替える』と言った。多分、平時よりタンポンを愛用しているのだろう。

使用経験の無いわたしにだって、一応のタンポン知識はあるつもりだが、それはおそらく男子でも知っている程度のものだろう。タンポンには、フィンガータイプ、スティックタイプ、アプリケータータイプの3種類があるという常識も、後に知ったのだから。

ただひとつ明確に認識していたのは、タンポンは処女が使う物ではないという事だ。故に、わたしの中における彼女が非処女である当確マークが付いた。

ミッちゃんは片足を階段に上げ、あたかも陰部をわたしに見せびらかすかのように左手で陰唇を広げ、右手で持ったタンポンを肉色の中心部に当てがって、いとも簡単に挿入を行っていた。

初めて直視する他人の性器。そこにズブズブと減り込んでいく棒状の異物。内心、わたしはかなりのショックを受けていた。

「せっちん、どんなの使ってるの？」

タンポンを挿入しながら、不意にミッちゃんが質問してきた。

「あたし、前使ってたヤツがどのサイズでもスポスポ抜けちゃってさぁ、コレに替えてからスーパーでぴったり合うの。こういうのって結構メーカーによって違いがあるでしょ。せっちんはどこの使ってる？」

「わ、わたしは…………」

何と答えていいのか、わたしは困惑した。

しかし、上手い嘘《うそ》など思い付かずに、事実ありのままを告白した。

「わたしは…………………オアシスナプキン……」

「ナプキン⁉　せっちんまだナプキンなんて使ってるの？　絶対タンポンの方がいいって。タンポンにしなよ。タンポンだと動き易いよ。中に入ってるんだから付けてないのと同じじゃん。あたしも前はナプキンだったたんだけど、タンポン使ってみて超ビックリしたもん。ほら、コレあげるから使ってみなよ」

そう言って、ミッちゃんは一掴《ひとつか》みものタンポンを手渡してきた。

「い……いいって。わたしはナプキンでいいから」

「せっちん1回もタンポン使った事ないんでしょ。だから試しに使ってみなって、食わず嫌いしてちゃダメダメ！」

あんまり強引なものだから、わたし……つい口を滑らせてしまって……。

「そんな事言ったって…………わたし…………………………………

……………処女だから……」

「ええっ？」

やっぱり、ミッちゃんはわたしがまだ処女だと知って驚いてるみたいだった。けど、そこには触れずに、更にタンポンのＰＲを続けた。まるでタンポンメーカーの営業マンみたいに。

「別に処女だからとか関係無いって。処女だって指ぐらい入るでしょ。タンポンぐらい簡単に入るから入れてみなって。処女でも使ってる子いるよ」

彼女の一言一言がわたしの知らない知識ばかりで、にわかには信じられなかった。特に、処女の膣に指の挿入が可能だなんて、完璧に有り得ない話だと思った。

だからって反論や質問をする事も出来ず、わたしは押し付けられるままに沢山のタンポンを受け取ったのだ。

あの後考えて納得したのだが、処女膜だって膣を完全に塞《ふさ》いでいるものではない。だって生理時の排出物が膣外に出てくるのだから。ならば、細い指ぐらいなら挿入が可能というのも頷ける。そこでわたしは、この場でタンポンの使用を試みたい気持ちになってきた。

「…………でも…………もし上手く挿入出来なくて、処女膜が傷付いちゃったら取り返しがつかなくなるし……」

やっぱり百パーセント安全じゃないものは使うべきじゃない！　わたしはタンポンを元の位置に安置し、再びナプキンを取って思案した。

「仮に上手に挿入出来たって……生まれて初めて膣の中に入れるのがタンポンだなんてイヤ…………」

わたしはオナニーの時だって、性器の外側を触るだけで、膣に指をインサートした経験などありはしない。

「わたしの乙女の花園を、自分で触るのもイヤ。ここを初めて触るのは…………わたしが……初めてのＳＥＸの相手に選んだ男性……。人間にとって性の悦《よろこ》びは神聖なものよ。だから、完全に無垢《むく》なわたしを……初めての人に捧《ささ》げるの……」

わたしだって、夜が寂しい時がある。男の人の事が書いてある雑誌を読んで、眠れなくなるのも珍しくない。こんな事絶対誰にも言わないけど……私だって…………ＳＥＸに興味があるの。ひとりでよく、勝手に自分の初めての夜を夢想して、性欲を静めている。

そんな時想い描くのは、優しくわたしを包んでくれる素敵な人……。その人は…………………。

そう、わたしの処女を破ってもらうのは……学校で斜め前の席に座っている…………馬場《ばば》くん！

背が高くて、学年トップの成績のカッコイイ男の子！　もし彼にデートに誘われたら……わたし、どこにだって行っちゃう。

でも、彼はそんな頭の悪いナンパ男じゃないから、女の子をデートに誘ったりしないだろうけど…………。

だからわたしの方から、『一緒に勉強しよう』って、さりげなく誘うの……。そしたら彼は、『ウンいいよ。僕のうちでやろう』って、わたしを招待してくれるの。

日曜日の朝、わたしはさりげないオシャレして、彼の家を訪れる。勿論、ほんのり彼の鼻腔をくすぐる香水も付けて。

そしたら彼、わたしの顔を見るなり…………『流さんゴメンね。今日、家族全員出掛けちゃって、僕1人しかいないんだ』……って照れながら言うの。

初めて入る彼の部屋に2人っきりで、1時間ぐらいは一緒に勉強するんだけど……『ちょっと休憩しよう』って、2人で紅茶を入れて、また勉強し始めて…………。

それから彼、何だかソワソワし出して…………。わたしと手が触れちゃったりして……

気まずい空気が流れて…………突然、わたしに抱き付いてくるの！

「雪子！　僕、ずっと前から好きだったんだ、雪子！」

「ああん……ヤメテ！　離してッ！」

男の子の力は強くって、わたしは足をバタバタさせる事しか出来ない。

「いいだろう？　雪子の事が好きなんだ！」

「イヤッ！…………ここじゃイヤ。…………ベッドで……」

震えながら触れ合う唇と唇。甘酸っぱいファーストキスの味が、身体中に広がる。

彼もわたしと同じ。処女と童貞とで結ばれるの。

「雪ちゃん！」

「馬場くん！」

重なり合う肌と肌。彼の胸板は見た目よりずっと厚くて、わたしを圧倒してくる。

「女の子の身体って、柔らかいんだね……」

彼の手が、わたしのふくらみを包み込むように撫《な》でて、次第に下の方に降りていく。

優しい指先が、若草に触れる。

「雪ちゃんも…………」

そして知った、男の子の情熱……。

「馬場くん……」

「雪ちゃん!」

やがて、わたしと彼はひとつになってお互いの愛情を確かめ合う……。甘くて切ない、優しくて激しい彼とのつながりに、わたしは時が経つのを忘れる……。

この時わたしは感じる。……今、わたしは世界で一番幸せなのだと…………。

そこでわたしは、ふと現実に立ち返った。

そうよ。やっぱり、完全なる純潔を護るために、タンポンなんか使えない。絶対にナプキンにするべきだわ!

そう結論に至り、わたしはナプキンのパックを切って中身を摘み出す。

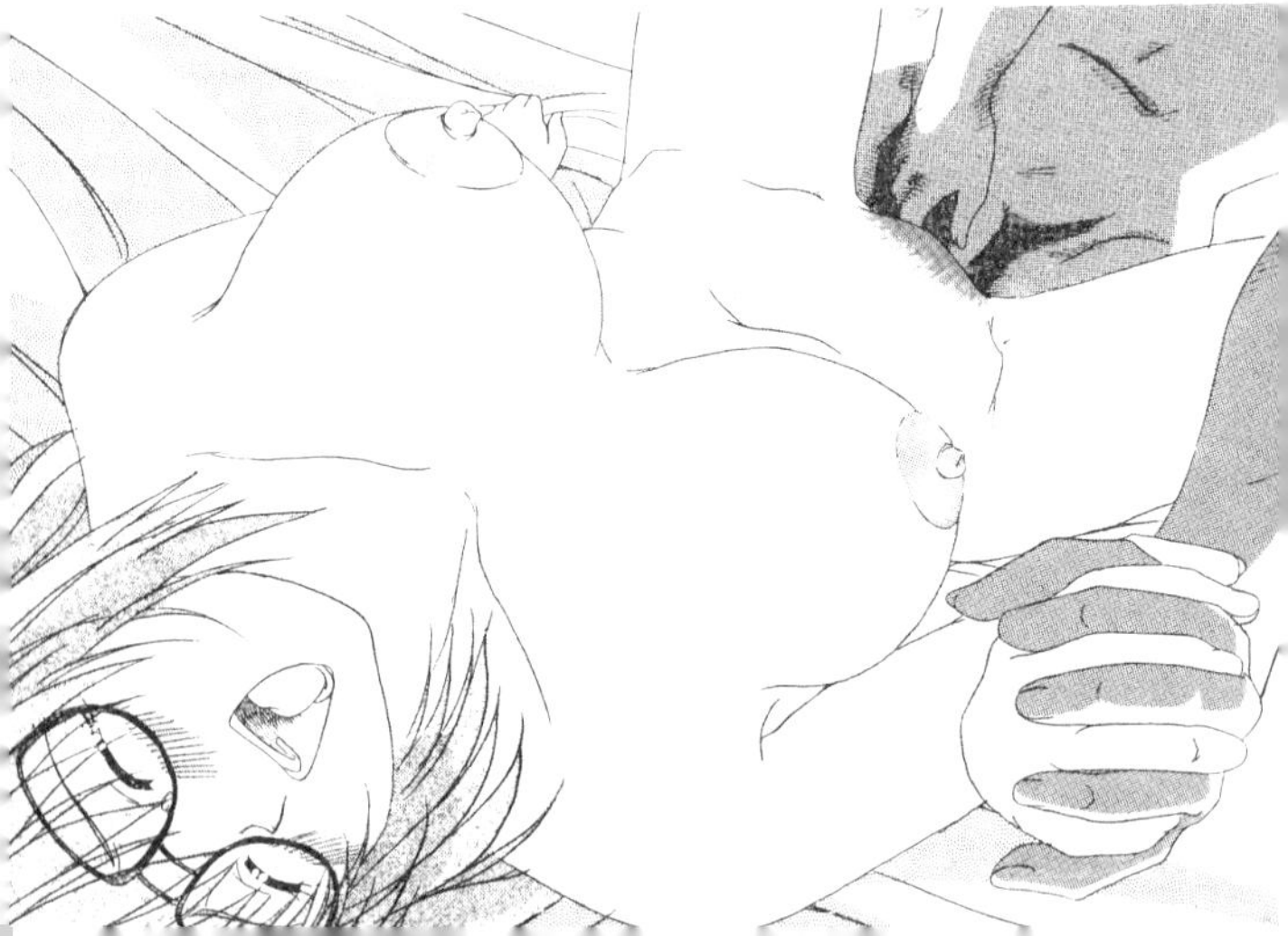

「ちょっと待って！　本当に、それでいいの……？」

今の考えは、わたしの一方的な都合だけだ。相手の男性は、そんな場合どう思うんだろうか？

男の人は、処女が相手だと面倒《めんどう》臭くて嫌がるという話を聞いた事がある…………。処女が崇高な存在であるなんて、わたしだけの独善なのかも知れない……。

「でもでも……誰にだって〝初めて〟はある訳だし……」

そう言えば、男の人は彼女と初体験する前に、ソープランドに童貞を捨てに行く人も多いって、雑誌で読んだ事がある……。それって、経験が無いのは相手に対して失礼だって意味？

だからって……女には、ソープランドみたいな所無いし…………。どうしろって言うの…………？

「…………自分で……破るの？」

そうか。いっその事、タンポン入れて破っちゃえばいいんだ！

「そんなのいくら何でも……」

だけど…………いざって時に、男の人に嫌われたりしたら…………。

「ああん、どうしようどうしよう…………」

焦っちゃダメ。落ち着いて考えるのよ。大切な事なんだから。今決断しなきゃイケナイ事は、生理の処置にナプキンを使うかタンポンを使うかの選択よ。処女膜を破るかどうかは後で考えればいいんだから。

…………ここは、とりあえず安全策を取って、今まで通りのナプキンにするべきだと思うわ。そうよ。今タンポン入れちゃったら、後で取り返しがつかなくなっちゃう。

よし。ナプキンナプキン…………。

「ダメよ！　もしも、塾からの帰り道で劇的な出会いがあって、ホテルに行く事になったらどうするのよ!?」

そうよそうよ！　いつ何時幸せが訪れるか分からないんだから、受け入れ態勢は取っておかないと……。

あぁぁ…………どうすればいいの？……どっちを選べばいいのぉおぉ……？？？

その時、わたしの目の前に突然、上方から黒い影が飛び降りて来た。

「ダアアア、つまらん事でダラダラ迷ってんじゃねぇッ！」

……人間だ。黒づくめの、スパイ活動でもしているのではないかと思える風体の男が、わたしが入っている個室に舞い降りてきたのだ。

驚愕《きょうがく》した反射神経が大きく顎骨を開かせ、悲鳴を発しようとした。しかし、開いた唇は不審人物の手によって塞がれ、わたしは助けを求める術《すべ》を失ってしまった。

「さっきから見てりゃあ、どうだっていい事でグダグダしてやがって。盗撮だけにしとくつもりだったが、お前にはハメ撮りモデルになってもらう！」

さっきからって、この男はずっと天井にでも貼り付いて、わたしを監視していたのだろうか？

「まずは緊縛写真集だ！」

「ううっ！」

理解不能な言葉を発した男は、わたしのスカートに手を入れ、あっと言う間に下肢からショーツを引き抜いて、手で押さえていた口の中に丸めて詰め込んだ。

この時、既にわたしは恐怖心から落涙していた。うつしやという密室で、見知らぬ男に身体の自由を奪われた上に、下着に手を掛けられたのだ。それはもう、死ぬ程の恐怖だ。暴れて逃げようなどと、考える余裕は微塵《みじん》も生まれなかった。

「グウウゥゥウウウゥッ！　ウウウウウゥウウウゥッ！」

己の陰部に当たっていた生温かい下着を咥《くわ》えた口が、くぐもった悲鳴を上げている間に、男はホースを使ってわたしの四肢を拘束し、着衣を引き裂いてむしり取っていく。上着を！　スカートを！　わたしは、暴漢によって1枚1枚衣服を剥《は》ぎ取られ、裸にされようとしている。

「へへへへ。流石《さすが》、現役女子校生は肌のツヤが違うぜ」

スカートを脱がされそうになった瞬間、わたしは必死で叫び声を上げた。この下はノーパンなのだ。まだ誰にも見せた事のない、わたしの命より大事なものが、卑劣な暴漢に見られてしまうなんて、捨て身で阻止しなければならない。

だが、今のわたしには何の抵抗力も無いのだ。暴漢の意のままに肉体を暴露されても、ただ涙を流す事しか出来なかった。

ブラジャーをめくられ、乳房も剥《む》き出しにされた姿で、わたしは丸出しの下半身を痛いくらい広げられた格好で、洋式便器の上に固定された。

おそらく、猥褻《わいせつ》な雑誌にこんなポーズの写真があるのだろう。男はカメラのレンズをわたしの痴態に向け、頻りにシャッターを切っている。

「フウウウゥウウゥッ‼……ガウゥ！」

見られてる………。見られてるッ……。わたしの裸が……嫌らしい男の眼に、見られてる！

「キレイな色の乳首じゃないか。ワレメもぴったり口を閉じて……チンポの皮も剥けてない。でもしっかりと毛は生えてるじゃないか。柔らかい毛がフサフサだ」

男は！……わ、わたしの胸をいじって………そ、その手で………わたしの……わたしの………。

わ、わたしの……せ、性器を……………指で……広げて…………………アアッ！

もうこれ以上耐えられない‼

……ところが、そこで聞こえた男の言葉に、わたしは不思議と冷静さを取り戻した。

「お前のマンコ、臭いな」

エエッ、何それッ!?　どうしてこの場面でそんな事言われなきゃイケナイの？

わたしは冷静さを取り戻したどころか、急激に羞恥心《しゅうちしん》を湧かせて、青かった顔面を真っ赤に変色させている。

「やっぱり、恥垢《ちこう》べっとり溜めてやがる」

チ……チコウって何!?　男の口振りから察すると、わたしの性器には何らかの異常があるらしい。一体何なの？　わたしのドコが変だって言うの!?

「お嬢ちゃんは自分のオマンコの洗い方も知らないらしいな。襞々の中に指入れて洗ってないだろう？」

ヒ……ヒダの中に指を入れるですってぇ!?

襞って……ワレメの中にあるピンク色の触ると痛いヤツの事よね……。そんな所に指なんて入れたら、大変な事になるんじゃあ………？

それとも……そんな風にして洗うのが女の身嗜《みだしな》みなのかしら？　わたしが、ただの常識知らずなの？　だから……臭いの？

「いいか、お風呂に入った時には、オマンコの中にも指を突っ込んで、よーく中のマンカスをほじくり出すんだ。こんな風にな」

「ふぐぅううっ！……アフウウゥゥウウッ‼」

イタイッ！　男の指が……ワレメの中の、わたしでさえ触った事のない部分を嬲《なぶ》ってるッ！　やめてぇえええぇッ！

「ホレ見ろ、これがお前のマンカスだ」

男はわたしの目の前に、陰裂をこじった人差し指を差し出してきた。見れば、その指先にはねっとりとした白い滓《かす》が山のように付着している。

こんなものが、わたしの襞の中に溜まっていたの？　これがチコウというもの？　これが、悪臭の素なの？　この白い滓を洗い落とすのが、大人のエチケットなのかしら……？

「よぉし。まだまだいっぱい溜まってるから、全部水で洗い流してやろう」

そう言って、男はわたしの身体を締め付けているゴムホースの端を手洗いの蛇口に繋《つな》ぎ、コックをひねって勢いよく水を出し始めた。

そして再びわたしの陰肉を指で広げて、その中心部にホースの口を潰した水流を直射した。

「ぶふううぅっ！」

蒸し暑い個室の中だけに、水の冷たさに飛び上がる事はなかったが、天井に届くまでの激しいしぶきを伴った放水に、わたしは全身びしょ濡《ぬ》れになってしまった。

男は放水の角度を変えつつ、指で肉裂の中を掻《か》きほじっている。

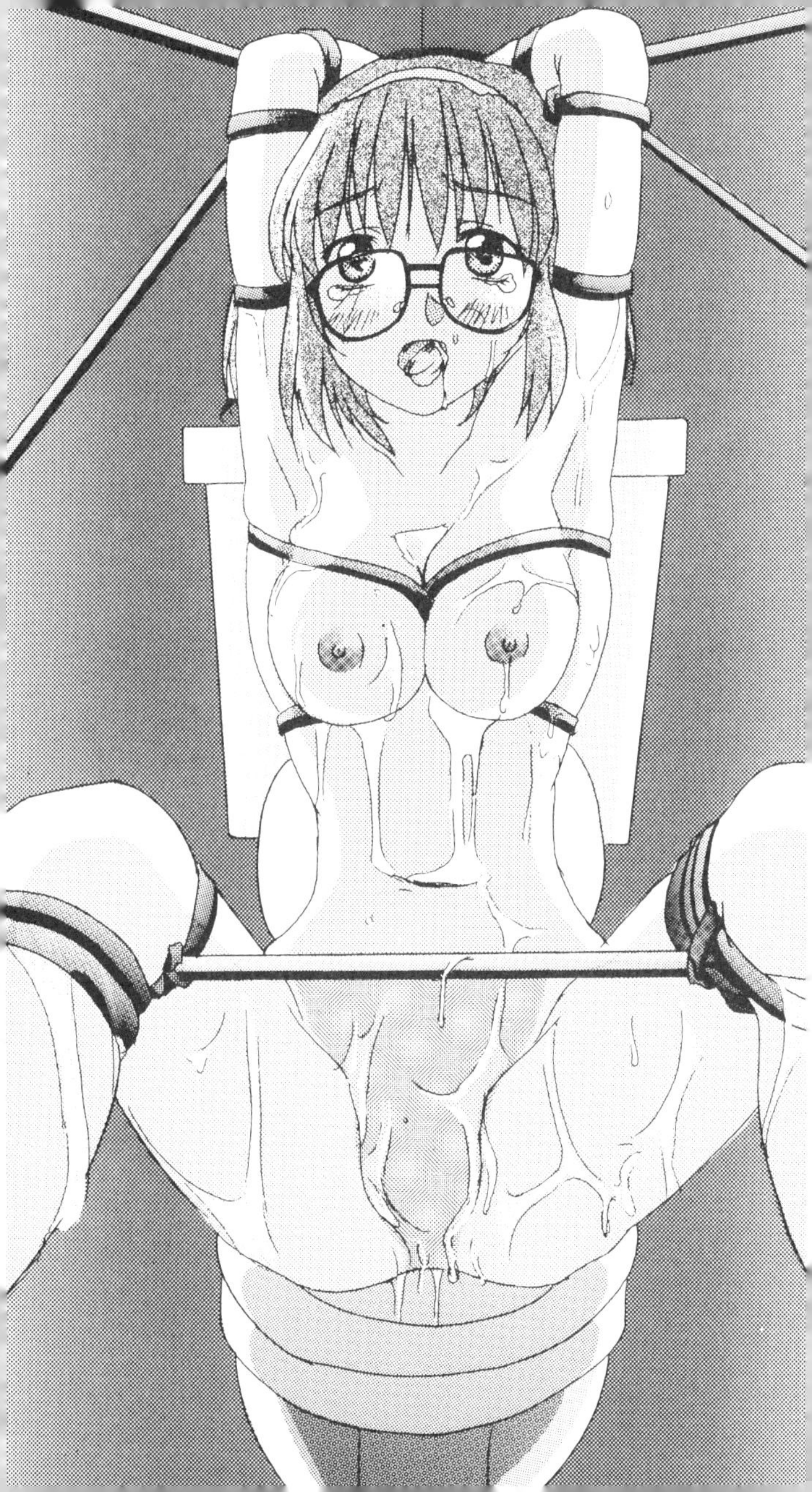

ヤメテッ！　許してぇえええぇッ！……そんな事されたら、オマンコ壊れちゃうぅうううぅううぅッ!!

「ううっ……うぅう……ぐぅうっ……」

こういうの、ＳＭって言うのだろうか。タンポンを入れる事さえ恐れていたわたしに、これ程残酷な仕打ちが与えられるなんて……。

「うん、キレイになったぞ。オマンコはキレイにしとかないと、ボーイフレンドが出来ないからな。感謝しろよ」

既にわたしは精神的に疲れ切ってしまっていたが、男はこんなのまだ序の口と言いたげに、次なる責め道具を持ってきた。

それは下水管のつまりを吸い出す、ラバーカップの〝スポイト〟だった。

「オマンコの洗い方を教えてやったついでに、もう1つ男にモテる秘訣《ひけつ》を教えてやる」

男はスポイトを両手に持ち、わたしの濡れた裸身をニヤニヤした目付きで見入っている。

「お嬢ちゃんみたいなペッタンコのオッパイじゃあ、男は全然喜ばないんだ。だから、コイツでその平らな胸を巨乳に変身させてあげようじゃないか」

「ウウゥッ！……うううううぅううっ！」

た、確かにわたしのバストは72センチのＡカップで、同年代の女子の中でも小さい方だと思っている。でも、特に気にした事はなかったのに……。こんな状況下で己の肉体的欠陥を指摘されるなんて、ショックなんてものじゃない。

もがいても逃げられない。男はラバーカップをわたしに向け、ジワジワと前進させてくる。

そして、汚いカップが震える胸部に接触し、音を立てて吸い付いてきた。

やめてやめて！　わたしのオッパイ、そんな汚い道具でいじめないでぇッ!!

余りにも屈辱的な非道。こんな事なら、レイプされた方がマシかも知れない。そんな考えまで浮かんでしまう。

次第にわたしの乳房は真っ赤に腫《は》れ上がり、左右に丸いアザがくっきりと刻み込まれてしまった。

「これを毎日続ければ、半年ぐらいでGカップぐらいになるぞ。ハハハハ」

わたしを弄んでいる間、男は何十枚もの写真を撮り続けていた。その写真が何に使われるのか、わたしにも薄々理解出来ている。

「これだけためになる事を教えてやったんだ。今度は俺が楽しむ番だな」

わたしが抵抗心まで失っているのを見抜いたのか、男はわたしの身体をホースの拘束から解放し、口から唾液《だえき》でぐしょぐしょのショーツを除去した。

「あう………」

すると、うなだれたわたしの視界の中で、男の下半身が脱衣を始める。

ああ……！　わたしにとっては神秘の世界、未知のヴェールに覆われていた男性のアノ部分が、今眼前に明らかにされていく。

「そぉら、コイツがお嬢ちゃんのオマンコの中に入るんだ」

凄《すご》い…………。異性の生殖器が、本当にこんな形状をしているなんて信じられない。マンガに描かれた男性器はデフォルメがされているものだと思い込んでいたが、実物はもっと複雑で、グロテスクな異形の物体だ。

殊にわたしの目に特異に映ったのは、先の方のキノコみたいになっている部位だった。確か、こっそり読んだSEXマニュアルブックでは〝亀頭〟と記述されていたと思う。何故、人間の肉体にあのような段差が生じるのか、不思議でならない。

亀頭から下の棒状の部分には、恐らく血管と尿道だと思える何本もの筋が浮いていて、性器全体がピクピク動いている。まるで、血液の流れに合わせて鼓動しているようだ。

しかも、そのサイズは想像を遥かに凌駕《りょうが》している。太さも長さも、こんな大きな物が、膣の中に入る筈《はず》がない！

「あぁ…………もう……許して下さい…………。お願いですから……レイプはしないで…………」

無意識のうちに、わたしはそう呟いていた。わたしが最も恐れているのは、このペニスを膣に挿入され、処女を奪われてしまう事だったからだろう。

「レイプ？　人聞きの悪い事を言うな。ギブ&テイクじゃないか」

「それはあなたが勝手に………」

「でも…………いいのかな……？」

わたしの鼻先に、男は小型カメラをチラつかせる。

この期に及んで、わたしはようやく自分の置かれた立場を理解した。この男には、逆らえないのだと………。しかし、世間にわたしの猥褻な写真が公開されるのと、今この男に処女を奪われるのと、どちらも死ぬより辛《つら》い苦痛である事に変わりはない。

わたし……きっと絶望的な顔してたんだろう。不意に男が、妙な条件を突き付けてきた。

「まぁな、頼み方によっちゃあ、見逃してやらない事もないがな」

わたしには、それが神の救いにさえ思えた。

「……どうすればいいんですか⁉」

「お前が俺を満足させてくれさえすれば、このまま解放してやる。写真のデータも付けてな」

「……満足…………ですか？」

わたしにも、なんとなく男の要求の意味は分かった。

……その…………ペニスを……愛撫《あいぶ》しろという事なのだと思う。

でも、どうやって愛撫すればいいのか見当が付かない。わたしは困惑した。

「フェラチオしてスペルマを飲むんだ。それ以上は何も言わない」

「フェ……フェラチオって………？」

フェラチオという単語を、恥ずべき事にわたしは承知していた。ペニスを舐《な》めたりして、口で愛撫する事だ。それに対して、スペルマというのは初耳だった。しかし、発言の流れから推測して、男性の精液を指す隠語か何かだと考えられる。

そこで、わたしは率直にこう思ったのだ。

……レイプされずに済むんなら………フェラチオぐらい……何て事ない……！

すると、男はわたしの右手を取り、脈打つ肉柱に導いて性の何たるかを伝えてきた。

………凄い………ペニスが、こんなに熱いなんて！

鋼鉄のように硬い男根を握り締めたまま、わたしは頭がボーッとなって、気が付いたら男は便器に座って脚を広げていて、そこにわたしは跪《ひざまず》いていた。

ファーストキスどころか、男の子の手を握った経験だって無いのに、初めて自発的に行う異性への接触がフェラチオだなんて。……でもやるしかない。

処女を守りたい一心からか、不思議と嫌悪感は無かった。ただ、男性が性的快感の絶頂に達すると分泌されるらしい精液を、上手く出させる事が出来るかどうかが心配だった。

「んあっ………」

性器にどの程度の刺激を与えれば、性的快感が発生し、精液の流出に至るのか。蠢《うごめ》く肉棒の反応を見ながら、様々な部分を愛撫していく。

先端部から肉茎、シワシワの袋までくまなく舐めると、亀頭を口に含んでしゃぶってみる。

裏側のスジを舌先でなぞり、鋭い段差の溝を舐め回すと、ペニスはビクンビクン膨張する。閉じた唇で亀頭を擦《こす》ってあげると、男の口からうめき声が漏れた。

「オオオォ…………。お前は優等生なんだな……。頭がいい奴は、なんだって上手くこなすもんだ」

わたしのフェラチオが褒められているようだ。内心、それは嬉しかった。

「んん、ふっ……んふぅ……んっ…………」

口技の評価を得た事で、わたしは安心して同じ愛撫を繰り返した。このままの行為を続けていれば、いずれ続けていれば精液が出てくるものと考えたからだ。

しかし、一体いつになったら終わりがくるものやら。実際には5分ぐらいだと思うが、わたしにはもう、30分ぐらいおしゃぶりを続けているような気がしている。

「あー！　やっぱり初めてだとこの程度か。もっと強く、激しくおしゃぶりしないと、気持ちよくならないぞ！」

男が業を煮やした様子で声を発した。愛撫が弱いなどと思ってもみなかったわたしは、慌てて舌使いを強めた。

「こ、こうですか……？」

「違う！　こうだ、こう！」

「ムグッ！　うぐぅううぅっ!!」

わたしは髪の毛を掴まれ、強引に頭を上下に振られる。

咽頭の奥深くにまで突っ込まれる亀頭。削岩機の如《ごと》きピストン。まさか、男女が肉体を交えて愛を交わす事がこんなにも激しい行為だなんて、とても信じられない！　わたしはただ、嘔吐《おうと》に耐えて、男のなすがままにされるしかない。

やがて、男はうめき声と共にピストンを停止させた。

「ううっ…………デルッ！」

「ブグッ！……ぐはああっ…………！」

突然、わたしの喉《のど》の奥に熱いものが噴き出してきた。

それから、吐き出した肉棒から２撃３撃と、白い液体が立て続けにわたしの顔面目掛けて射出されたのだ。

これが精液？　これがスペルマなの!?…………こんな風に、ピュッピュッて飛び出てくるなんて……！　それに、火傷《やけど》しそうに熱い!!

「ゲホッ、ゲホッ…………」

わたしは、食道に入り込んだ粘液で噎《む》せてしまったものの、これで恐怖から解放される安堵感《あんどかん》に気をゆるめていた。ところが…………！

「キャアァッ！　やめて下さい！　何をするんですか⁉　約束が違います！」

「大人の世界じゃなぁ、この状況で犯られない方がおかしいんだよ！　処女なんて邪魔なもんは、さっさと捨てちまった方がいいんだぜ。感謝して貰いたいぐらいだ！　大声出すと、人が来るぜ」

「ウウゥ……嘘吐き…………」

スペルマまみれの裸身を便器の上に乗せられ、男の手で股間《こかん》が広げられている。

「子供でも女は女だ。チンポしゃぶってオマンコ濡らしてやがるじゃねぇか！」

だって、生まれて初めてペニスなんかしゃぶらされたら、嫌でも生理現象が起きちゃう……。

「あぁう…………」

わたしの陰裂の中心に、ペニスの先端が当てがわれたのが分かる！

イヤッ、入れられちゃう！　わたし、処女じゃなくなっちゃう！

「んはあぁ……！」

ズブッという感じで、亀頭が秘裂に入ってきた！　ピンクの肉襞を押し広げ、拳《こぶし》のように大きな凶器が、わたしの花園を犯してる！

チンポが膣に入ってきたッ！　あああっ、メリメリ減り込んでくる……。アアアァッ、処女膜に触れて……処女膜が破られちゃう！

あはぁあぁん……イタイィイイィッ！　処女膜が伸びきってるぅうううぅッ!!

「NOOOOOOOOOOOOOOOOOO!!」

わたしが膣にペニスを入れられそうになってたその時、どこからともなく叫び声が聞こえてきて、前触れ無しに個室のドアが破壊された。誰かが……何者かがドアを壊して、個室の中に入って来たのだ。

「NOOO！」

男の人！　大きな身体をした、外国人に見える大男だ！

「な、何だお前は!?」

「NO！　NO！　NO！　NO！　NO！　NO！」

ドアを壊して入って来た大男が、黒ずくめの男を殴打している。

「ぐへえぇえええぇええぇ～！」

殴られた方は気を失って、死んだようにぐったりしてしまった。

「ユーは、マチガッテイル！　聖《セント》トイレットは、レイプをするバショではナーイ!!　洋式トイレットの最小スペースは、タテ一一〇センチ、ヨコ八〇センチヒツヨウとサレテイル！　ソレイジョウのスペースは、キガエのシヤスサ、ソウジのシヤスサ。ロウジン、ビヨウニンへのハイリョ、ショウモウヒンのシュウノウをコウリョして、セッケイされてイルノダ！　ソノホカに、ドクショやキツエンをスルバアイもカンガエラレテイルガ、ダンジテ、レイプのタメのスペースではナーイ!!」

呆気《あっけ》に取られて見ていると、大男は気絶している相手にくどくど説教をしている。

わたしの性器を写したカメラは、水の中に落ちて内部メカが飛び出している。とりあえず、安心出来そうだ。

そこで大男は、初めて気付いたように、わたしに視線を向けてきた。

「オー、ジャパニーズガール。ミーは、コウイウモノデス」

〝トイレット博士　W・C・ニコルソン〟。そう書かれた名刺が、わたしに差し出されている。

「シッテイマスカ？　ジョセイが使うコウスイは、ジブンの出したベンのニオイをケスために。ハイヒールは、ミチにオチテいるベンを、フミニクイようにツクラレタことを？」

「え…………そ、そうなんですか？」

この人…………博士っていうぐらいの、崇高な人なんだわ！　そうよ、わたしをレイプの魔の手から救ってくれたんじゃない！

「コレは、ミーがカタズケテオキマショウ」

ニコルソン博士は、ホースやスポイトを掃除道具入れに戻し、倒れているレイプ魔を引きずって、うつしやの外に運んで行って下さったわ。

ぼんやりしてはいられない。是非とも、助けて頂いたお礼を述べなければ。

「デハ、ユックリ、ダップンをタノシミナサイ」

「あ……。待って下さい、博士！　ニコルソン博士!!」

何て素敵な方なんでしょう……。報酬も求めず、善行だけを残して去って行く奥ゆかしさ……。

豊富な知識に彩られた瞳……。凛々《りり》しいお姿……。あなたに出会えた今日という日を、雪子は生涯忘れません！

あぁ、ニコルソン博士が去って行かれるわ……。

「あぁ……ニコルソン様ぁ……。雪子、あなた様を……お慕い申し上げます……」

「……はっ！」

今更のように気付いたけど、わたし、博士に裸を見られてしまったのね。イヤだ、顔が熱くなってくる。わたしの……幼い乳頭も、どうにか汚されずに済んだ花園も、後ろの蕾《つぼみ》も……全てを知られてしまったんだわ……。

そ、そうよ！　ニコルソン博士こそ、わたしの処女を捧げるに相応《ふさわ》しい人物だわ！　ニコルソン博士をおいて、わたしの一生を懸けられる男性なんている筈ない！

わたしはもう、半分汚されたも同然の身。いっそこの場でニコルソン博士に処女を貰いて貰いたい！

ああっ、急いで後を追い掛けなければぁッ！

でもッ、全裸のままじゃ、うつしやから出られないし……。

「博士！　ニコルソン博士！　戻って来て下さい！　どうしてもお伝えしなければならない事があるんですッ!!」

……………ああん、帰って来てくれない！

そうだわ。あの手段ならきっと、博士は舞い戻って来て下さる筈！　い、急がなければ。

雪子、恥を忍んでいたします。

わたしは床にしゃがみ込み、膝《ひざ》を開いてそのまま放尿をしました。勿論、便器に向かってはいません。垂れ流しです。

「はああっ……ニコルソン博士。わたしは今、床に向かって陰部を広げ、非礼な放尿をしています！　博士なら必ず、この恥知らずなしぶきの音を聴き付け、うつしやを敬わぬ愚者を戒めに来て下さる筈。あああぁっ、早く来て下さい博士！　恥ずかしいです……雪子は羞恥で全身が燃えてしまいそうです！　けれど、力の限り出してますぅううぅぅううぅッ!!」

すると、すぐに足音が聞こえてきました。どんどん近付いてきます！

「NOOOOOOO！」

来たッ！　やっぱり博士だわッ！

「お待ち申し上げておりました、マイダ～リ～ン！」

「ＮＯ！………オッオー、ユーはレイプされていたジャパニーズガールではナイカ。ホワイ？」

再度わたしの前に現れて下さった凛々しいお姿が、怪訝《けげん》に傾いています。

「お許し下さい。ニコルソン博士に再びお目に掛かりたく、故意に非礼な放尿を致しました」

「ミーにアイタカッタ？　ナゼデスカ、ジャパニーズガール」

「セツコと、お呼び下さい………。あの………単刀直入に申し上げます……。わたしを………雪子を抱いて下さい！」

わたしは手の被いを取り、ありのままの自分を、心に決めた男性に明かした。その肌は、微かにではあるが震えている。

「ダク？………ハグ？」

「そうではなくて………その……」

わたし、心の中ではＳＥＸに興味津々だった。真面目《まじめ》ぶってても、いつも素敵な彼との初体験の事ばかり考えてた。

それに、恋の駆け引きなんて経験の無いせいで……わたしは今の自分の本心を………ストレートに口にしてしまった。

言葉だけでなく……。こんな恥ずかしい事まで。

「ハグではなくて…………ファックして欲しいんです……。メイク・ラヴ・プリーズです」

わたしは両手を股間に添え、自ら肉裂を広げて博士に色目を使った。

冷静に考えれば、バカな真似《まね》だと思っただろうが、彼の気を惹《ひ》きたい一心から、下劣で淫奔《いんぽん》極まりない行為をしてしまった。

「ここに…………あなたのエレクトしたペニスを入れて、わたしを大人にして欲しいんです」

彼の眼には、赤ん坊のような紅鮭色の粘膜が映っている事でしょう。イエ、生理の出血で、赤く染まっているかも知れません。

こうすれば、男性は性欲を刺激される筈。わたしはそう信じて疑わなかった。でも……。

「NO」

…………えっ？

ニコルソン博士が、自分の上着をわたしの肩に着せてくれた…………どういう事？

「セツコサン、ユー・アー・ラブリーガール。アナタは、ホウセキのようにウツクシイジョセイです。バット、ウツクシイホウセキは、ホウセキバコにハイッテイルモノです。ランボウにして、キズをつけてはイケナイ。ウツクシイモノが、ウツクシサをウシナウこと、ミーは、トテモカナシクオモイマス」

「あ…………………………」

「ミーは、聖トイレットとトモニイキ、トモニシヌ、シメイがアリマス」

「あ……博士！　行かないで、ニコルソン博士！」

「サヨナラ、セツコサン。ベンキのヨウニ、ウツクシイジョセイでイテクダサイ」

彼は、風のように愚かな女の前から消えて行った。

バカだった……。自分の事だけ考えて、相手の気持ちなんか、これっぽっちも考えなかった……。

でも…………ニコルソン博士、あなたという方は、何て素晴らしい人なんでしょう！

まるで…………まるで白馬の王子様のように、清々しい心の持ち主でいらっしゃるんですね！

けれど…………もう……博士にはお会い出来ない……。これが、一期一会というものですか…………ニコルソン博士。

僅かな時間で燃え上がった恋心。わたしは暫《しばら》くうつしやでぼんやり座り込み、この気持ちをどう整理すればいいのか思案に暮れていた。

「そうだわ、諦《あきら》める事なんてないのよ！　わたしもうつしやの勉強をして、博士の助手になればいいんじゃない！　就職はＴ○Ｔ○に決まりよ！　わたしも博士号を取得して、い

つか必ず、世界のどこかでニコルソン博士と再会するの！」

志望校も変更よ。トイレット大学が無いか調べないと。

「待っていて下さい博士。わたしは……わたしは絶対、日本人初のトイレット博士になってみせますッ!!」

そうだわ、便器だけじゃなくて排便についても勉強しないと！

「ウオオオオオオォッ！　わたしがウンコするところみせてあげるから、あなたのも見せてちょうだぁあああぁい!!」

スペシャル書き下ろし巨編

使用済VS使用中

禁断の団体対抗戦殺人事件!!

くそ暑かった夏も過ぎ去ったすずしい秋の夜。とあるマンションの入り口に、怪しい人影の徘徊《はいかい》があった。

暗闇に乗じ、ソレは数分間の滞在の後に、何処へともなく姿を消した。

やがて夜の帳《とばり》は開け、街並が明るい朝の顔を見せ始めると同時に、事の次第も明らかになってくる。

その不穏な動きのあったマンションとは、かのウィル・センチュリー・ビルディングに程近い〝グローリー藤岡〟マンション。名前こそ初登場ではあるが、皆様ご存知のあのマンションです。その入り口付近を、朝っぱらから駆けずり回っている人物が1名。

「うにゃあああっ、締め切りに間に合わないぃッ！」

やっぱりあの人です。ピンクの髪に眼鏡のおチビさん。

あの人が走ってるという事は――、

「ふにゃああああっ!!」

ドンガラガッシャ〜ン！

ほ〜ら転びました。お約束は外さない人ですね。流石《さすが》はサービス業。

でも美久《みく》ちゃん、転んだ拍子にある物を見て、すぐに起き上がったかと思うとどこかあさっての方向に走って行きます。

はて、何処へ行ったんでしょう？　原稿の締め切りはほっといていいんでしょうか？

「そこのアナタ！　うちのマンションの入り口にウンチしたのが誰だか知ってるでしょう！　白状しなさ〜い！」

「ほへッ？」

何故かえらい剣幕で怒っている美久ちゃんがやって来たのは、ウィル・センチュリー・ビル。そのエレベーター前で金髪のナースを捕まえてクレームつけてます。

「いいからこっちに来るですッ！」

「ちょっ、ちょっと！　ギャアアアアアッ！」

美久ちゃん、ナースの腕を引っ張ってマンションの入り口にとんぼ返り。

「コレを見なさぁいです！」

「ゲッ！　朝っぱらからでっかいウンチ目撃させられちった！」

金髪ナースの眼に映ったのは、ジャンボサイズの黒々とした大便クン。びっくりするぐらいの大物である。どんなウンチか説明は…………しない方がいいですね。

(むむむっ。よく見れば、このチビっ子はエロ漫画家の早瀬《はやせ》美久！　するとココはあの変態マンション!?)

初対峙した使用済キャラと使用中キャラ。ナースの瞳には異様な闘志の炎が燃えていた。

「美久ちゃんが転んだら目の前にこんなでっかいウンチが落ちてたの！　危うく可愛い顔

に付くところだったんだから！　犯人はセンチュリービルの関係者以外に考えられないです。誰なのか言いなさいです！」

「な〜に、寝言いってんのかなお嬢ちゃん？　ウチのビルとこのウンチと、何の関わりがあるってぇの？」

「美久ちゃん『使用中』っていう下品なゲームやったんだから。あのビルがスカトロマニアビルだって事は、とっくにお見通しよです！……ちなみにあなたの名前はユレインちゃんって事も分かってます」

「なっ、何よ！　変態マンションの住人に下品よばわりされる覚えはありまっせん！」

「うにゃああああっ、美久ちゃんのお家を変態マンションって言ったなぁ！」

「えー、言いましたとも。ウンチなんて誰でもするんだから。それに比べてアンタんとこは、覗《のぞ》きとかＳＭとか、そんなのばっかり」

「スカトロの方が変態です！　アメリカのポルノビデオでもウンチにはモザイクかかるんだから！」

「えっ、そうなの…………？」

ここてこての日本人になってるユレインさん。ＵＳＡハードコアを観た事がありません。

「とにかく、ウンチの犯人を捜して謝罪させるです！　まさかユレインちゃんじゃないでしょうね、クンクンクン……」

「ちょっと！　人のお尻のニオイ嗅《か》がないでぇ！」

「美久ちゃんは鼻が利くから臭いで犯人が分かるです。……ユレインちゃんちょっと怪しい感じ」

「あのねぇ、私にはスカトロの趣味は無いし。第一いくらスカトロマニアだって、人様の家の前で脱糞なんて仁義に反してるもの。絶対このビルの人じゃありませんってば！」

「そうやってかばうところが益々怪しい。とぐろを巻くと言えばまさに宇宙竜！　やっぱりユレインちゃんが犯人なんじゃないのかな～？」

おたくギャグです。スルーしましょう。

「私はクルクル回って空飛んだりしません！　そんな事言って、もし犯人が別にいたらどうするのかしら？　あんたたちの方がお下劣だって認めて、マンションの住人全員全裸で駅前の清掃活動して貰《もら》うわよ～」

「その言葉はそのまま返してあげるです！　絶対絶対、犯人はココに隠れてるです！」

「面白いじゃないの、ウヒョヒョヒョヒョ～。私が先に犯人見つけて、変態マンションチームに吠《ほ》え面かかせてあげようじゃないの！　対決よ、対決！」

「そんなの結果は決まってるです。オマンコ丸出しはスカトロ軍団です～！」

「……だからそういう言葉使わないの」

こんな経緯で決まってしまった、使用済VS使用中のお下劣比べ＆脱糞犯人捜し。でも、一体どうやって犯人を捜すんでしょうこの2人？

なんて思ってたら、2人の背後に怪しげな影が。危うし美久＆ユレイン！

「何が危うしよ！　バカなト書き書いてんじゃないわよこの能無し作家！」

「うにゃ？　誰に向かって怒鳴ってるのこの人？」

「急に現れたかと思えば相変わらず不可解ね麗香」

何だ。誰かと思えば麗香だ。

「オホホホホホ、オツムの足りないぁなたたち2人じゃ不安だから、この麗香様がウンチを捜してあげてもよくってよ」

イヤ、捜すのはウンチじゃないんだよ。

「わぁ、麗香さんです！　カッコイイです！　美久ちゃん会いたかったですぅ！」

「あらオチビさん、サインは後よ。ウフフフフフ」

麗香さん、いつもより派手なビキニ姿で大登場。妙な決めポーズで得意顔。

「でも麗香さんが犯人かも。クンクン」

「失礼ねッ！」

「麗香は便秘か下痢のどっちかだから。健康なウンチは出さないの」

「もっと失礼よ！」

麗香様ビキニはきわどい紐《ひも》ビキニ。色んな所に食い込んで、今にも中身がこぼれそうな

※本人からの圧力により、イラスト挿入となりました。

悩殺スタイルです。

「そんな格好して、また何企んでるの？」

「まぁね、あんたたちみたいな人気の無いキャラじゃ数字取れないから、この私がご足労してあげようって訳よ」

「数字って、テレビの視聴率じゃないんだから」

要するに目立ちたくて出て来たらしい。ユレインうんざり。

「でもね、これ小説だから、露出度ＵＰしても客は喜ばないわよ。執筆中の段階で挿絵付く予定無いし。朝っぱらからケツ出し損」

「え……そ、そうなの？」

それでも麗香様、気を取り直して２人の前に出ます。

「どんな仕事だろうと、この麗香様が一番なのよ！　明晰《めいせき》な頭脳による的確な推理で、ゴールデンタイムにアニメ化されてやろうじゃないの」

「だからテレビは関係無いの」

「推理モノはもう古いです」

「…………………っさいわね！」

とにかく、麗香様（最初に書かないと怒られる）、美久ちゃん、ユレインの３人で、脱糞犯人捜しが始まるようです。

「美久ちゃんに名案があるから、まずソコへ行くです」

3人がやって来たのはマンションから徒歩10分程の神社。見るからにオンボロで、鳥居も傾いている。周囲は薄暗い森に囲まれ、お賽銭箱《さいせんばこ》に入ってるのは落ち葉だけ。それを見た麗香様とユレイン、怪訝《けげん》な目付き。

「何なの？　この貧乏臭い神社」

「ココは千明《ちあき》さんの神社です」

「千明？…………あ～、あの巫女っていうだけでワキ役のクセに妙に人気がある奴ね。私には遠く及ばないけど。それがどうしたのかしら？」

「フッフッフッ、聞いて驚くでないぞ皆の衆。千明さんの霊感で、脱糞犯人を捜して貰うのだ～！」

「霊感で犯人捜しって。私『竜飛岬《たっぴみさき》』って映画観てメチャメチャ腹立ったんだけど」

「面白そうだからユレインちゃんＯＫ！」

崩れかけの本殿に近付くと、その奥に祭られている御神体らしき物体が見えてきました。

「……ア、あれ何？」

それは…………赤々とした漆の塗られた、長さ2メートル余りの巨大な男根！　美久ちゃん、目の色変わります。

「あ～、千明さんたらあんなもの作って。もう、エロエロ秘宝館神社なんだからぁ」

「エロエロって、あれが御神体なんでしょうに……」

本来ボケ役のユレイン、バカ2人が相手じゃツッコミに回るしかありません。

「こんなでっかいチンコを堂々と飾っとくなんて。素晴らしきは東洋の神秘！　日本の伝統！　ほらほらみんな触って触って」

「いりません！……本物ならともかく」

「麗香様がそんな下劣な物に興味を示すとでも思ってるの？」

とか言いつつ、もう3人共大喜びでデカチンコに乗ったり、記念写真撮ったり。Vサイン出す辺りは全員若くありません。

しかーし。早々に目的を見失ってるウカレ野郎共の耳に、怪しいうめき声が聞こえてきたじゃあ～りませんか。

「うぅん……はあぁあああぁ…………………」

この手の声には3人共、というか使用シリーズの全キャラ地獄耳ですから、御用心。

「この奇怪な声は何!?」

「向こうのお家から聞こえるです」

秘宝館ごっこに興じていた3人は、艶《なま》めかしい嬌声《きょうせい》に誘われるように、本殿の裏にある住居へと足を向けました。そこには一体何があると言うのでせう？

武道場のような板の間の真ん中には、赤い袴《はかま》に長髪の巫女が横たわっていた。

「はあぁ……ほおおおぉおおっ…………」

だが、その袴は脱げて下半身を露出させ、上着もはだけて上品な乳房がプルンとまろび出ている。

淡い桃色の突起を突き立てた柔らかい盛り上がりを5本の指が鷲掴《わしづか》み、ちぎれる程に揉《も》みしだいて自らを乱暴していた。

「あぁあっ……はうぅううっ…………御神体様……御神体様ァ！　身共の秘貝を、もっと掻《か》き回して下さいませぇえええッ！」

硬い床板の上で裸身をくねらせ、千明はオナニーの快楽に心酔していた。

か細い右手に握られているのは、長さ30センチ程のミニ御神体。本殿の物と同型の、霊木を使って彫られた赤い男根である。その張形をしとどに濡《ぬ》れた股間《こかん》に出し入れさせ、千明は青い吐息を漏らし続ける。

「ふあああぁあぁ……はおおおおっ！　感じますぅううぅ……。御神体様の……雁《かり》が…………身共の肉襞をえぐって……くはぁあああああっ……！」

引き締まった内腿《うちもも》を恥汁でぐっしょり濡らし、白い裸身も汗ばんでじっとり蒸れている。

「御覧下さい……身共の淫《みだ》らなる姿を！　恥辱にまみれた、巫女に御神体様の罰をお与え下さいぃいいいいいぃッ！　あはぁあああああぁあああぁっ!!」

仰向けの爪先立《つまさきだ》ちで腰を持ち上げ、千明は張形を激しく女陰に抽送する。

「千明さ〜ん！　気持ちいいですかぁ？」

「あああああああぁ…………ああっ？　ギャアアアアアッ！」

不意に顔を見せた美久の姿に、オナニー巫女は飛び上がって驚いた。

「そんなにビックリしなくてもいいのに」

「だ、だ、だ、誰かと思えば……早瀬美久殿ではござらぬか……」

「ひとりオペの邪魔しちゃってごめんなさぁい」

「フン、巫女なんて所詮《しょせん》こんなもんだと思ってたわ」

初対面の麗香とユレインに、千明は恥じらって股間を隠す。イヤ、愛液まみれの木製チンポを背中に隠した。

「そ、そ、そちらの看護婦殿と、水着の方は？」

「宇宙竜のユレインちゃんと売れっ子モデルの麗香さんだよ」

「ウチュウリュウ？」

説明は省略。美久は、千明を訪ねた理由を説明して助力を求めた。

「…………つまり、身共に大便を残して行った輩《やから》を捜し当てよと申されるのだな？」

「うん！」

千明の顔面は汗だらだらでピクピク引き攣っている。

「な、何故脱糞の主を身共が突き止めねばならんのだ？」

「へへへ～」

美久はニコニコ笑っているだけ。

「…………………」

千明の方も、何か言いたそうなのを口ごもっている様子。

「……その……言う通りにすれば…………あて入れの件は、内密にしておいてくれるのだな？」

「分かってるならいいじゃないですか。早く行きましょうよォ！」

美久は千明の手を取り、脱糞現場に舞い戻ろうとする。

「し、暫《しばら》くお待ち頂けぬか」

「何で？」

「売れっ子には時間が無いのよ」

「イ、イヤ……その……………………まだ……途中だったもので……」

「……………あ、そう」

「もう、早くするです！」

それから、また３人は境内で時間を潰す事になった。

そして、身形を整えた千明が外へ出て来たのは、20分後の事だ。

「では、参ろうか」

「千明さん気持ちよかった？」

「現場は例のマンションでよろしいのだな？」

巫女さんシカト。


「これが……例のナニですかな？　随分とまぁ、黒々として大盛りな。……トウモロコシが見えますするな」

「巫女の霊感とやらの力を見せて貰おうじゃないの」

「これにはお互いのチームの名誉がかかってるんだから、一発ビビッと犯人見付けてちょうだい」

「うにゃ〜、ドキドキわくわくです」

現場に集まった4人の探偵団は、例の物を取り囲んでミーティング中。

やがて千明は瞼《まぶた》を閉じ、玉串を額に当てて何やら念じ始めた。

「むぅ〜…………………。この大便の主は…………」

「犯人は？」

「ダレダレ？」

「このマンションの中にいる！」

「ええ〜っ！」

「ホ〜ラごらんなさい。どころか、あんたんとこが犯人なんじゃない！」

「このマンションに犯人がいるなんておかしいです！」

「間違いござらぬ……が、このマンションの住人とは限りませぬ。外部からの訪問者という可能性も……」

「だったらそれを突き止めるです！」

「フフ〜ン、もう半分結果は見えてるわよ〜」

「私はもっと科学的分析が必要だと思うわ。科警研を呼んで綿密な捜査をさせて、胡散臭《うさんくさ》い霊感と比較するのが妥当な手法ね」

って、誰も聞いちゃいねぇ。

「ちょっと！　麗香様を置いて勝手な行動しないでよッ！」

千明の玉串を先頭に、探偵団はマンション内に入って犯人の所在を確かめようとした。

階段を使い、1階、2階、3階と、1つ1つドアを霊視して回る千明に、美久は瞳を輝かせ、麗香様とユレインは半信半疑の眼差しを向けていたのだが――、

「何よこのマンション、如何《いかが》わしい商売ばっかりやってるじゃない」

1フロアー当たり2～3軒の割合で、貸し部屋を住居としてではなく、店舗に使用している風な表札が目立つ。

「う～、美久ちゃんも知らないうちに増えてるです」

「どれも風俗ばっかり。ほらここテレクラ。ファッションマッサージに、ＳＭクラブだって。やっぱ変態マンションじゃない」

麗香とユレインは、また新しい看板を見つけてケラケラ笑っている。

「ふ、風俗だってちゃんと許可取ってれば立派なビジネスです！　変態なんかじゃありませんってば！」

「御三方、お静かに。この辺り、かなり怪しいですぞ」

「えっ、どこどこ？」

3階の中央辺りに立ち止まった4人は、周囲を見回して緊張を走らせた。

すぐ近くには〝ファミリーハウス〟と書かれたプレートの下がったドアが見える。

すかさず、麗香様前へ。

「ここ？　ファミリーハウスって何？　店の名前？」

「美久ちゃん初耳です」

「………この部屋、かなり臭い。キエ～ッ！」

気合一発。千明は透視でもするかのごとく、険《けわ》しい視線でドアの真ん中を凝視した。

※

「どうしたのよ護《まもる》、緊張しちゃって。ここを家の中だと思って、楽にしていいのよ」

暖かい雰囲気の内装が施された部屋には、カジュアルな服装に身を包んだ草凪栞《くさなぎしおり》がいた。栞には8歳違いの弟・護がいた。姉は20歳の女子大生。弟は13歳の中学1年生である。2人っきりの部屋で、オレンジ色のソファーに並んで腰掛けた姉弟は、ぴったり肩を寄せ合って親密な話をしている最中のようだ。

「ここなら、誰にも聞かれずに話せるから。ね、護。教えてちょうだい。どうして、私のパンティの匂《にお》いを嗅いで、ペニスをいじってたの？」

弟の肩にそっと手を置いた栞は、くすぐったいような声で囁《ささや》く。しかし、姉の下着に悪《いた》戯《ずら》しているところを見つかった少年は、萎縮《いしゅく》して質問に答える事が出来ないでいる。

「分かってるんでしょ、自分のしてる事がオナニーだって？　もう、スペルマも出るのよね？」

栞は、弟が姉の汚れたショーツをオナニーに使っている事を、ずっと以前から承知していた。

「それだけじゃないでしょ。いつも私のお風呂覗いてるのも、分かってるのよ。護が私の裸見ながら、ペニスから白い液発射してるの、ちゃんと見えてるんだから」

黙秘する弟に、栞は優しい言葉で詰め寄っていく。

「ねぇ、どうして護は私でオナニーするの？　エッチな本を買うのが恥ずかしいんなら、買って来てあげるわよ」

それでも少年は口を開かない。

「……黙ってるんなら、お父さんとお母さんに言うわよ」

「え、ヤダッ！」

「じゃあ言いなさい。どうして？」

「それは…………………」

護は学校でも評判の美少年だった。そんな弟を持った事を、栞はいつの頃からか自慢に思うようになっていた。

「お姉ちゃんがキレイだから……」

彼は怯《おび》えていた。姉に自分の心の中に入って来られるのが怖いのだ。

「それだけ？　本当は、私の事が好きなんじゃないの？」

そこで栞は、何を思ったのか不意に立ち上がり、恥らった表情で脱衣を始めた。

ジャケットが、ロングスカートが、ブラウスが、しなやかな肢体から1枚1枚滑り落ちていく。

そして20歳の姉は、弟の目の前で生まれたままの素肌を晒《さら》した。

「ホラ、どう？　護が私の裸が見たいんなら、いつでも見せてあげるわ。好きなだけ触っていいのよ」

裸身が見開かれた瞳の前に跪《ひざまず》くと、その手を取って胸の膨らみに触れさせる。

「私のオッパイ、触りたかったんじゃないの？　護ももう、大人なんだから、女の人のカラダに興味があるんでしょ。いいのよ、私のカラダ、好きにして」

栞は弟に覆い被さり、唖《あ》然《ぜん》としている顔に若々しい乳房を押し付けるように与える。

「初めてでしょ、女の人のオッパイに触るの？」

次第に感情を昂らせた栞は、自分より小柄な身体に抱き付いて頬《ほお》擦《ず》りをした。

「私は……私は護が大好きなのよ！　護のペニスをしゃぶって、ＳＥＸしたいの！　だから、オナニーなんてしないで、私のところに来なさい」

栞は弟の顔や首筋にキスの雨を降らせ、片手でズボンのベルトを外し、ブリーフの上から下腹部をさすっている。

「お姉ちゃん、ホントに!?　ホントにお姉ちゃん、僕の事が好きなの？」

「本当よ。だから、この前も一緒にお風呂に入ろうって誘ったじゃない」

それを聞いて、少年も姉の乳房を強く揉みしだき、憧れの女体に夢中でしがみ付いた。

「ああっ、お姉ちゃん！　僕も……僕もお姉ちゃんの事が好きだったんだ！　僕、お姉ちゃんと結婚したい！」

「あぁぁ、護。護も裸になって」

栞は弟の衣服を脱がせ、ブリーフ１枚に剥《む》き上げた。子供だとばかり思っていた中学生の上半身に意外な男らしさを感じた姉は、キュンと胸の内に痛みを走らせる。

「もう、こんなにペニスがピンピン。興奮してるのね」

白ブリーフを突き破りそうに硬直している肉棒をギュッと握ると、薔薇色《ばらいろ》の唇がシミになった先端部に接近し、ぬめったピンクの舌を伸ばす。

ブリーフの上から、栞は弟の勃起《ぼっき》を何度も何度も舐《な》め上げる。たっぷりと唾液《だえき》を出し、重なり合った木綿の布をぐしょぐしょに濡らして。

「あぁぁぁ……お姉ちゃん……………パンツの上からじゃなくて……直接舐めてよ」

「いいわよ。護、本で読んでフェラチオって知ってるでしょ？　これから私が、護にフェラチオしてあげるわ」

浮いた腰からブリーフが脱がされ、幼いながらも精一杯つっぱっている男根が全身を現す。若干細身の、若者らしい成長期のペニスがビクビク脈打っている。

「護のペニスには、まだあんまり毛が生えてないのね」

根元にうっすら産毛を根付かせているだけの肉棒に、くすぐるような五指の愛撫《あいぶ》が加えられる。

栞は弟の性器を軽く摘むと、その先端部の包皮を下方に引き下げてみた。

すると、先端の包皮はベロリと裏返り、真っ赤に色付いたツヤツヤの亀頭が恥ずかしげに露出する。

「凄《すご》いじゃない護、もう皮がめくれるなんて！　皮がめくれるのは大人の印よ。……でも、まだ触ると飛び上がるぐらい痛いでしょ」

そう言った舌先が、いたいけな粘膜を突付き、恥垢《ちこう》の溜まった雁首を舐め回す。

「うあああっ……お姉ちゃん…………くすぐったいよ！　やめて！」

「フフフ、それが気持ちいいのよ」

更に息を荒げている顔面に生腰を跨《また》がらせ、淫らに口を広げた肉裂を弟の鼻先に突き付けた。

「これがオマンコよ。分かる？　これが小陰唇で、これがクリトリス。ここの穴にペニスを入れるのよ。……護も舐めてちょうだい」

生まれて初めて目にするグロテスクな肉の形状に驚愕《きょうがく》しながら、少年は懸命に姉の要求に応《こた》える。

「ああっ……イイッ。…………上手よ。ソコ、噛《か》んでもいいのよ」

実の姉と弟が、マンションの1室で全裸で重なり合い、オーラルSEXを貪っている。

姉は暴れる肉棒をぱっくりと含み込み、口の中でずっと一緒に育ってきた弟を愛してやっている。

「うううううっ……お姉ちゃん……出ちゃう……！　そんな事されたら白いのが出ちゃうよッ！」

少年は成す術《すべ》がなく、のた打ち回るしかない。

「私の口の中に出していいのよ。全部飲んであげるから」

余り亀頭を刺激しないように気を配りつつ、唇で肉幹を締めつけ、栞は激しく頭を上下させた。

「ハッ……あぐうっううぅ……出る……出ちゃうぅぅうううぅ……。ああっ、お姉ちゃん！」

次の刹那《せつな》、少年の全裸体は物凄い力で反り上がり、ヒクヒクと震えて突き立った肉棒の先から青臭い粘液を幾度も連射し、美しい姉の喉《のど》の奥に夥《おびただ》しい量の欲望を叩《たた》き付けた。

「んっ！……んくぅぅ……」

姉は弟の射精を咽《むせ》る事なく嚥下《えんか》し、尿道に残ったスペルマも搾り取ってキレイに舐め尽くす。

「いっぱい出したわね、護。濃くて美味しかったわよ。護は、気持ちよかった？」

少年は大きく肩を波打たせ、とても言葉など発せられる状態ではない。だが、その股間の怒張は一向に萎《な》える事無く、天を向いた脈動を保っている。

「まだこんなに勃《た》ってるなんて、護は男らしいのね」

赤く腫《は》れ上がった肉棒を掴んでしごき、栞は弟に甘えるようにすがり付く。

「満足したんなら、もう、お家に帰ろうか？　それとも、まだ私と気持ちいい事したい？」

その誘惑は、少年の男心を揺さぶった。

「……まだ帰りたくない。僕、お姉ちゃんとSEXしたい！」

「まぁ、お姉ちゃんとSEXしたいだなんて、護はそんな悪い子だったの？」

「僕が満足させてあげるから、お姉ちゃん、僕以外の誰ともSEXしないで！」

少年は姉の裸体を押し倒し、慣れない体勢で性器挿入を果たそうとした。

「まだ入れちゃダメ。護はまだ敏感だから、コンドームを着けた方が気持ちよくなれるわ。私が着けてあげるから、ペニスを出して。……ほら、これがコンドームよ。初めて見るでしょ」

性器を突き出している弟に向かって、栞はバッグから取り出したスキンを見せてやる。

すると、少年は首を横に振った。

「……ずっと前、お姉ちゃんの机《つくえ》の引き出し開けた時、入ってたの見た事ある」

「もう、護ったら人の引き出し勝手に開けてるなんて！……でもいいわ。護なら見られて嬉《うれ》しいから」

話しながらペニスにくるくるとピンク色のコンドームを装着させると、栞は大きく股《また》を開き、指で肉唇を広げて弟を迎え入れる準備を整えた。

「ココよ……。ココに、護の逞《たくま》しいペニスを入れてちょうだい！」

「ここでいいの？」

少年は自らの先端を肉色に濡れ光るクレヴァスに当てがい、膣《ちつ》の入り口を探った。

「ううん、もうちょっと下……。そう、ソコ。そのまま真っすぐペニスで突き刺して」

幾重にも層をつくっている粘膜襞の中心に狙《ねら》いを定めた肉棒は、角度も定まらないままに猛進して行く。

「あはぁぁあああっ！」

まだ太さの不充分な男根は、ヌルリと姉の肉壺《にくつぼ》に滑り込み、ズブッと根元まで結合を完了した。

「ああっ、いいわッ！　護のペニス、素敵！」

「お姉ちゃんの中……あったかい……」

自分の体内に入ってきた弟を、姉は巧みな締め付けで愛撫してやる。

「ああっ、凄い！」

「フフフッ、手で握られてるみたいでしょ。もっともっと気持ちよくしてあげるから、護も動いてみて。ペニスをオマンコに出し入れさせるの」

「うん。こう？」

目が回りそうな快感に襲われながら、少年は懸命に腰を抽送し、姉との愛を深め合う。

栞も艶めく下半身を弟にぶつけ、2人で汗だくになりながら愛欲に耽《ふけ》っている。

「あぁぁん……イイッ！　もっと動いていいのよッ！　膣を壊すつもりで掻き回してぇッ！」

「好きだよお姉ちゃん！……お姉ちゃん！」

「はぅううん……護！」

栞のヴァギナはリズミカルに締まり、甘美な刺激を受けたペニスは悦楽の中でドッと2度目のスペルマを放つ。

「ああっ、ダメだ……！」

「あはぁあああぁあぁん！」

肉棒の痙攣《けいれん》を感じ取り、栞も同時に軽いエクスタシーに達した。

「はぁ、はぁ、はぁ、はぁ……」

姉弟で息を弾ませ、愛を交わして火照った肉体を抱き締め合う。

「護も早く、コンドーム無しでSEX出来るようになって。それで、私の中にスペルマ出してちょうだい。護の熱いのが欲しいの」

「じゃあ、お姉ちゃん……これからも僕とSEXしてくれるの？」

「うん。でも、私とSEXする時は、必ずこの部屋に来てするのよ。ここは近親相姦《そうかん》クラブって言って、兄弟とか親子で愛し合ってる人たちが集まる場所なの。このクラブの人たちはみんな仲間なのよ」

「じゃあ、さっき入り口で会った人も兄弟でSEXしに来てるの？」

「そうよ。あれはお兄さんと妹ね。私が予約に来た時にも会ったから、もう何回もクラブに来てるみたい。なんなら隣の部屋を覗いてみたら」

社会勉強のため、栞は弟に他人のSEXを覗くように促した。

そうして13歳の裸身がフルチンのまま起き上がり、ドアの無い隣室の傍《そば》に近寄って、ベッドの上で行われている行為を覗き込んだ。

そこには、姉と同年代に見える男と、高校生風のメガネの少女がいた。兄はすすり泣く妹をバックから犯し、パンパン音をさせて腰をぶつけている。

「おおおっ、いいぞ雪子！　お前の締め付けは最高だ！」

「ううぅん……お兄ちゃん……あんまり激しくしないで……」

「どうだ？　気持ちいいだろう？　すぐにイカせてやるからな」

「いやぁん！　中には出さないでぇッ！」

「構うもんか。また堕《お》ろせばいいんだ。そらっ、イクぞ！」

「あああん、ダメェッ！……イヤッ！」

兄は妹の膣内にドクドクと射精し、外部にまで精液を溢れさせている。

ショッキングな光景を目の当たりにして、少年はまた激しく肉棒をエレクトさせていた。

その時、少年は背中に聞き覚えのある声を聞いた。

「これは……栞殿ではござらぬか⁉」

「千明さん！　何でッ……千明さんがここにいるのよォ⁉」

少年が振り返ると、そこには従姉である巫女の千明と、見知らぬ3人の女が連れ立って、姉と口論している最中だった。

「そ、そっちにいるのは護殿！　お主たちは実の姉弟で何をしておったのですかぁ！　こ、こ、ここは……近親相姦クラブですぞ！」

「姉弟で……？」

麗香は少年の裸身に目をやる。

「麗香にも弟いるわよねぇ。今度来るつもりなんでしょ？」

この話は長くなるので割愛させて頂きます。

「べ、別にいいじゃない。千明さんには関係無い事だから。千明さんこそこのクラブに何しに来たの？」

「ハ〜イ、それは美久ちゃんが説明しま〜す。実はコレコレこういう事情で……」

美久の説明に、徐々に栞の顔が歪《ゆが》んでいく。

「ウンチの犯人を捜しに？　わざわざ秘密のクラブにまでのこのこ入って来た訳？」

「お陰でこのような身内の恥を発見出来たのだ。身共の勘が冴《さ》えておる証拠」

「夕べの深夜から今朝にかけて、あんたは何処で何をしてたの？」

ビキニのボディが栞を問い詰める。

「私は今朝、弟と一緒に家にいたからアリバイがあるの！　他を当たってちょうだい！」

栞はえらい形相で怒鳴った。

「家でも一緒なのですか？　2人がそんな仲だとは気付かなんだ」

「お隣でプレイ中の流雪子さんはどうかな？」

ユレインが口を挟むと、名指しされたメガネ少女が悲鳴を上げた。

「わたし、そんなマンションに行った事ありません！」

近親相姦クラブにいた2組はどうやらシロのようだ。千明は首を傾げる。

「解せんな。確かにこの部屋に念を感じるのだが……」

「フン、見事に肩透かしね。ま、元々信用してなかったけど」

すると、興味津々にクラブ内を嗅ぎ回っていた美久ちゃん、何かを見付けたようです。

「あ、この部屋、隣と繋《つな》がってます」

見れば、この部屋は若干改造されていて、隣室への連絡通路が設けられていた。

「おおっ、まさしくソコ！　栞殿、向こうの部屋には何があるのですかな？」

「さぁね、行ってみれば分かるんじゃない？」

すっかり機嫌を悪くした栞は、そそくさと着衣し、弟を連れて帰宅の体勢に入っている。

「行ってみるです！」

「推理モノらしくなってきたじゃない。この部屋、覚えておいてあげてよ」

「近親相姦クラブと繋がってるんだから、想像はつくけど」

即興探偵チームは捜査の手を伸ばし、更なるシークレットルームへと潜入を試みる。


「ああぁん、イイわ！　もっとオバサンのオマンコにチンポを入れてッ！」

「ううぅん……少しは若い方がいいでしょう。私の方にハメてぇッ！　ザーメンかけてちょうだぁい！」

そこには、10人程の未成年と思える全裸の少年たちが集い、これも全裸の女2人を代わる代わる犯している最中だった。ストレートロングヘアーの熟女と、20代前半であろうシャープな面立ちの理知的な眼鏡美女である。

ロングヘアーの熟女は四つん這《ば》いでバックから肉棒をぶち込まれ、口にも太いのをねじ込まれている。すでに数え切れない回数の射精を浴び、全身スペルマまみれになって、ブブッブブッと痴ナラを鳴らしている肉壺からも、どっぷり白濁を溢れさせていた。

それでも女は乳首を勃起させ、淫らに腰を振って悦《よろこ》んでいる。

「ううぅん……君、まだ3回目でしょ。若いんだから、もっともっとオバサンを犯してちょうだい！」

羽場狩翔子は、近頃このクラブに連日通い詰めている。

眼鏡美女は、騎乗位の体位で下から2本の肉根に突かれ、ヴァギナとアナルに同時挿入されていた。

切れそうに赤く広がっている肛門にも少年の性器がズボズボ入り込み、長いストロークで深々と抽送が繰り返されている。

両手にも脈打つ怒張が握られ、繊弱な手指が激しくしごきまくって交互におしゃぶりをかまし、勢いよくスペルマをしぶかせる。

「ハアァン、凄いわッ！……若い子大好きよ！　いっぱいかけてッ！」

飛び散った生臭い粘液を顔や胸に塗りたくり、女はうっとりした顔で、また新たな男根をしごく。

霧島沙希《きりしまさき》も、3ヵ月程前から少年たちに集団で犯される悦びに目覚め、毎日若いエキスを欲してここを訪れていた。

「あら、君のペニス、まだ剥けてないのね。お姉さんが剥いてあげるわ」

高給ＯＬが中学生のイカ臭いペニスを握り、口に含んで雁首の下の辺りをぐいぐいしごき始める。

ペニスの先端は、口中で亀頭と包皮の境目に唾液を十二分に流し込まれ、僅かに覗いた

頭を舐められながら根元に向けて力が加えられる。

少年は痛みと快感の入り混じった刺激に腰を屈《かが》め、年上の美女の肩に掴まって息を荒げた。

「ハウッ……ぐうううぅ………。あああぁ……沙希さん」

1分も経たずに、少年の腰はガクガクと砕け、ビュッビュッと白い間欠泉を噴き上げながら、べったりと床に尻餅をつく。

「ああん……」

煮え滾《たぎ》るスペルマ弾を顔面に受け、沙希はぷちゅんと口から逃げた肉棒を惜しむ。

「あぁ、もったいない……。でもホラ、ちゃんと剥けたわよ。君ももう大人ね」

ここは、14歳以下の精通を終えた男子を対象とした〝少年クラブ〟だった。隣の近親相姦クラブと同じオーナーが経営しており、両クラブ共通の会員も数組存在する。

「何よコレ？　近親相姦の隣はガキンチョクラブ？　どこまで倒錯してるの、このマンションは」

「う〜、凄いです。美久ちゃんの知らない所でショタクラブがあったなんて！　どうやったら入会出来るのかな？」

少年マニアのプレイを目撃した探偵チームは、想像を絶する光景に呆《あき》れ果てていた。

「ウンチはさておき、変態比べは完全にマンションチームの圧勝ね。スカトロの方がまだ正常だわ」

ユレインはずっとそこにこだわっている。

「そんな事ありません！　参加してる人数は同じじゃないですか！　あのオバサン、スカトロビルのオーナー夫人でしょうに！　マダムスカトロじゃないですかぁ！」

突然の珍入者に、少年クラブの会員たちは騒然とした。

「な、何ですかあなたたちは!?」

「今は定員いっぱい。入会希望は受け付けてませんわよ」

「え〜、美久ちゃんも入りたいのに……」

何と自分も入会しようとゴネるチビッコを無視して、麗香たちは問題解決を急ぐ。

「ホホホホホホ、私たちは麗香探偵団よ！　大人しく今朝のアリバイを教えなさい！」

ポーズを決める麗香を、ユレインは不思議そうに見ている。

(麗香探偵団なんて、カッコイイと思ってんのかな？)

「あなたたち2人のうち、どっちかが脱糞犯人だってこの霊感女が言ってるのよ。白状なさい！」

そんな事言ってないのに。偉そうな事言ってる割に、ちゃんと責任は他人に押し付けてる辺り、流石。

「だ、誰が脱糞犯人ですって!?」

「えっ……どうして分かったのかしら？」

高飛車女の暴言に沙希は怒り、翔子は何故か頬を染めている。

そこへ、千明が補足説明を加える。

「イヤ、我等はこのマンションの表に、今朝の未明、脱糞をして行った犯人を捜しているのだが……」

「そんな時間、私は自分の部屋で寝てました！」

沙希は吐き棄てるようにアリバイを主張する。

「……それは………わたくしがした場所とは違います」

奥さん、恥ずかしそうに答える。

「じゃあ何処にしたの？」

「何処って、そんな……。個人の趣味を告白しなければいけない義務があるんですか！」

美久のツッコミに、翔子は更に顔を真っ赤にさせた。

「それって結局、この2人も犯人じゃないって事？　やっぱり霊感商法はインチキだった訳ね」

「それは………」

商法じゃないけど、自分の霊感が外れて巫女は焦る。

だがそこで頭の切れるＯＬが思わぬ発言をした。

「そもそも、そのウンコが人間のモノだって確証はあるのかしら？　最近この辺り、大型犬飼ってる人多いのよ」

「犬のフン？……大型犬ならあれぐらい大きいのするわね。中々理論的な言い逃れだわ」

「左様。しかし、身共の感じるところでは………」

「美久ちゃんは人間のウンチだと思うです」

「ユレインちゃんも同意見。ただし、その人間ってのは変態に限る」

探偵団は頭を抱え、調査は行き詰まったかに思えた。

ところが、千明のひらめきが急展開を呼んだ。

「少々お尋ね致すが、この部屋に、1時間程前まで誰か居りはせなんだか？」

名探偵の質問に、少し考えて沙希が答えた。

「それだったら、サラさんがいたわ」

「サラ殿が？」

「サラ仮面さんがいたですか？」

「仮面は余計」

（……サラって誰？）

麗香様だけ会話には入れませんでした。

「サラさんは犬の散歩に行くって言ってたわ。彼女、この頃大きな犬を何匹も飼ってるみたいだから」

「それは面妖な」

「そのサラって奴が犯人なのね？」

「そこまでは分からぬが……サラ殿が脱糞事件の鍵《かぎ》を握っておる事は間違いなかろう」

探偵団一同神妙に話している中、ユレインだけが不満そうに口を尖《とが》らせている。

「あの金髪ハーフ、私とキャラかぶるから嫌なのよね」

「千明さん、サラさんが今何処にいるか分かるの？」

「うむ」

ユレインの独り言終了。

※

ウィル・センチュリー・ビルディング4階、平常の診察時間が始まった那蛇リンダ泌尿器科クリニック。

看護婦のいない診察室で、院長である女医は1人の時間を満喫していた。

彼女は2週間前からシェパードをペットとして飼い始め、院内で放し飼いをしている。

患者のいない時には診察室にまで入れて、実によく可愛がっていた。

病院内で犬を飼うなんて問題ありそうだが、本人曰く、バレなければ良しと言う事のようだった。

当の女医は、いつもの白衣姿に下半身裸でイスに座り、片足を机上に乗せて大きく足を広げ、左手にバターケースを持っている。

「ヘルペス、おいで。また可愛がってあげるわ」

ヘルペスと呼ばれたシェパードは、身体の黒い、人間の大人ぐらいの大きさのある成犬である。たった2週間で、よくこれだけ飼い馴らしたと関心させられる程の懐きようだ。

股を広げた女医の正面にやって来たヘルペスは、眼を丸くして主人を見上げる。

「ホラ、お前の大好きなバターよ。今日は十勝産の5千円もするヤツを買って来てあげたんだから。フフフフ、もう尻尾《しっぽ》振ってるわね。可愛いわよ、私のヘルペス」

右手の2本指で黄色いバターをたっぷりすくい取ると、女医はそれを己の股間にこってりと塗り付けていく。

ごっそりすくったバターを淫肉《いんにく》に撫《な》で付け、使い込んでコーヒー色になっている肉裂に指を入れ、よく揉み込んで肉唇にまぶす。黒毛の茂った柔らかい大陰唇にもべっとり伸ばして、人差し指で襞の1枚1枚の間にも満遍なく芳醇《ほうじゅん》な乳脂を行き渡らせ、最後にまたクリームをすくい、肛門とクリトリスに山盛りサービスを乗せる。

「さぁ、いいわよ。好きなだけお舐めなさい」

主人の許しを得ると、ヘルペスはハウハウ言って長い舌を伸ばし、バターの塗られた人間の女性器をベロンベロン舐め回す。

「はああっ……いいわッ。ウウウゥン……上手よ、ヘルペス」

飢えたケダモノの激しい舌使いに、女医は机の縁をギュッと掴み、イスからひっくり返りそうなぐらい背筋を反らせてよがる。

「あああっ……ふぅううううぅうぅん…………。もっと奥を舐めて……はあああっ、ソコよっ！」

小陰唇を、膣口を、クリトリスを、菊門を愛犬にねぶられて、美しい女医は愛液をじゅくじゅくあふれさせて絶叫する。

「はあっ……むうぅうううぅん…………オオオオオッ……あはぁああああぁああぁあああぁあああぁ…………あああああぁあっ……イイイィイイィン……」

たっぷり10分程クンニに悶《もだ》えた女医は、床に降りて愛犬の大きな身体を寝かせ、柔らかい腹部を撫でて生殖器に手を伸ばす。

毛むくじゃらの肉塊をゴシゴシ擦ると、シェパードはク～ンと鳴いて、格納庫から秘密兵器をにょっきりと突き出す。

犬の性器は人間と違い、ペニス全体が粘膜質になっている。勃起のように大きさが変化するのではなく、普段はケースに収納されている肉棒が外部に突出してくる仕組みだ。

全身赤剥けた、人間の成人男性を上回るサイズのペニスの出現に、女医は狂気して舌を伸ばす。

「いいわよヘルペス。素敵よ。……………うぅん……んんっ」

人間にするように、女医の舌先は粘膜根の先端をチロチロ舐め、根元からベロベロ往復すると、右手が玉袋を揉み込む。

そうしながら胸をはだけ、愛犬に乳首を舐めさせる。

「ハアッ……噛んじゃダメよ。…………むうぅうん」

更に、麗しい唇は犬の生殖器を根元まで咥《くわ》え、ゆっくりした上下動と共にちゅばちゅばサックを始めた。

「んっ……んっ……んっ……………」

いつの間にか、女医は下半身でヘルペスを挟み込み、69の体位で再びクンニリングスを受けていた。人間と犬とが身体を交え、互いの性器を舐め合っているのだ。

診察室には、ケダモノの舌なめずりの音だけが卑猥《ひわい》に響き渡っていた。

「気持ちいい、ヘルペス？……気持ちよかったら、私の口にザーメン出しちゃっていいのよ」

鼻息を荒げ、チュウチュウ赤いペニスを吸う口に、やがてハウウゥンと言ううめき声を伴った激しい射精がぶちまけられる。

「ううぅん……凄いわヘルペス。いつもよりいっぱい。気持ちよかったのね」

シェパードのそれは、人間のものよりも粘性が低く、トロミの無い体液が女医の喉をすんなり通っていった。

「コレハコレハ、オサカンですねェ」

ヘルペスが絶頂に達したところで、診察室に1人の金髪女が現れた。

「遅かったじゃないの。待ちくたびれて、もう1回戦済んじゃったところよ」

「ちょっとジュンビにテマドリました。今日はワンチャンを4ヒキ連れてキマシタカラ」

金髪グラマーのサラ・カラリエーヴァは、発言通り4匹の愛犬を随伴させていた。大型のボルゾイとピレネーとコリー。そしてもう1匹は……。

「ドウデスカ、このワンチャンは？　スバラシイでしょう」

「あら、その大きな肌色の犬に見覚えがあるわ。前にウチの病院に診察を受けに来た事がありますわよねぇ、小笠原《おがさわら》先生」

サラが連れて来た4匹目の犬とは、鎖に繋がれた小笠原静香《しずか》であった。全裸で四つん這いになり、爆乳をブラブラさせ、後ろからは性器が丸出しの状態だった。

「シズカ、ヘンジをしなさい！」

無言の静香の鎖を引っ張り、サラは厳しい調教を見せる。

「あうっ……………ああぁ……ワ、ワン………」

「このワンチャンだけは、モノオボエがワルクテいけません。ホカのワンチャンより、IQがヒクイのかもシレナイデス」

自慢のペットを嘆くサラだったが、それを見た女医もとっておきの1匹を披露する。

「ウチの子はとっても賢いわよ。試しにペアリングでもさせてみたらどうかしら？」

「オー、どんなワンチャンですか？　見せてクダサ〜イ」

女医が自慢するペットとはどんなものか。サラは期待した。

そこで女医は、奥の扉に向かって声を発した。

「郁美、入ってらっしゃい！　新しいお友達が来てるわよ！」

「…………ワン」

扉の向こうからか細い返事が聞こえると、そこから静香同様、首輪を付けた全裸の女が姿を現した。

「早くこっちに来て、お客様にご挨拶《あいさつ》なさい」

「ワン」

俯《うつむ》いて来賓の前に出た女医のペットは、蹲踞《そんきょ》から尻餅を突く格好で開脚し、教え込まれた挨拶をする。

「郁美と申します。お目にかかれて、光栄です」

2本の指でサーモン色の秘唇を広げ、上気した顔が恥ずかしげな声を出した。

「郁美ちゃん……」

「えっ……………し、静香先生？」

向かい合った牝犬《めすいぬ》同士が顔を見合わせ、お互い顔見知りであった事実を知って驚きの表情を露《あらわ》にしている。

「ナニしてるですカ。シズカもアイサツしなさい」

「でもっ。グウッ！………」

口答えした罰には脇腹にキック。サラが決めたルールである。

「先生！　静香先生にヒドイ事しないで下さい！　キャアアッ！」

郁美には鞭《むち》。これも女医が決めた罰則だ。

「そんな言葉教えてないでしょう。ホラ、いつものご挨拶は？」

「アウウウゥ……」

茶道教室での先生と生徒が、ここでは飼い犬同士となって涙目で見詰め合う。

「郁美ちゃん…………」

「静香先生……」

逃れられない恥辱。2人、イヤ2匹は互いに肛門の匂いを嗅いで、浅ましくその場でグルグル回り出す。

「もっと！　鼻を肛門にねじ込んで。オマンコなめなめしなさい」

女医の命令に、2匹は揃って相手の肛門を舐め合い、粘膜の亀裂《きれつ》を唾液で濡らす。

「どんなニオイですか？　イイナサイ、シズカ」

「は、はい……」

主人の言い付けに、震えた声が生徒の性器を描写する。

「まだ、経験が少なくて……可愛らしいオマンコです。少し、レモンみたいな匂いがします……」

続いて、女医も同じ命令をする。

「郁美も言いなさい」

「……………はい。静香先生のアソコは……………」

そこまで言って、郁美は言葉に詰まった。

「どうしたの？　思ったままの事を言いなさい」

女医の鞭が、バチッと床を叩く。

「は、はい！…………し、静香先生のアソコは…………く、黒ずんだ紫色で……ぽっかり穴が開いて……襞も、ビロビロに広がってます…………」

「匂いは？」

「……………チ……チーズの……腐ったような匂いがしてます……」

「オマンコの中には乳酸菌が棲んでるからね」

「キキマシタカ？　イクミはシズカのオマンコがくさくてキライだそうです」

「そ、そんな事は言ってません！」

　思わず叫んでしまった郁美だが、出過ぎた発言をしてしまったと思い、すぐに肩をすくめさせる。

　しかし、サラは怒るどころかニッコリ微笑《ほほえ》んでいた。

「デハ、イクミはシズカのオマンコがスキなのですね？　ダッタラ、モットなめて、エクスタシーにイカセテあげなさい。シズカもです。フタリでWクンニしなさい」

「イカせられなかったら、相手の方をお仕置きするわよ」

「そんな……」

　同じ言葉を漏らした2人は、初恋の中学生みたいに顔を見合わせ、真っ赤になって互いの股間に顔を埋める。自分の失敗で相手を傷付ける訳にはいかない。

「ホホホホホ、いいザマよ2人共。ちゃんと、自分はどこが感じるか教えてやりなさい」

「ああっ……郁美ちゃん……静香の、嫌らしい花びらを噛んで！　噛まれるのが好きなのッ！」

「はあぁぁっ、先生！……ソコッ！……クリトリスを、もっと吸って下さいぃいいっ！あはぁあああぁぁん………」

　牝犬同士がラブジュースを噴き出し、びちょびちょになって快感に身悶えする。

「ああああっ、イイッ！　郁美ちゃん……」

「静香先生と、こんなになるなんて………ううぅううん……」

「はあっ……イクッ！………郁美ちゃん……静香イクぅううっ！」

「あはあぁぁあん、私もイキそう！　ああああぁん……オシッコ出ちゃう！」

2人は息を弾ませ、徐々に悶え声を高揚させ、最後にジョワッと放尿に似た体液の発射で絶頂し果てた。

汗びっしょりの2つの裸体が、ハァハァ言ってぐったりうつ伏せになっている。

そこで、サラはボルゾイとピレネーの鎖を外した。

「OK。メスイヌをレイプしなさい！」

号令と共に2匹はそれぞれの獲物に襲い掛かり、マウントして腰を擦り付ける。

「イヤッ！　それだけはイヤアッ！」

「許して下さい！　何でも言う事を聞きますから、犬にだけは！　キャアッ、入れないで！」

大型犬に圧し掛かられた静香と郁美は、抵抗空しくケダモノの生殖器を女陰に挿入され、激しくピストンされてしまっている。

「あはぁああああぁあああっ……！　イヤァアアアアァアアァ………」

「ああああぁあぁっ、静香先生……」

人間とのSEXに慣れている2匹は、ぐしょ濡れのヴァギナを簡単に凌辱《りょうじょく》し、赤とグレーの粘膜ペニスが交互にズボズボ出入りしているのがよく見えている。

「あああぁ……大きい…………。男の人みたいに凄いわ……。あはぁあああぁああああぁああああぁ…………」

「シズカはショウジキですね。イヌにオカされてケツふってます」

「郁美はどうなの？」

女医に問われて、上ずった声が返答する。

「ううぅん……太いぃ…………こんなの初めて……あああぁん」

そこへ、サラが恥辱に油を注ぐ。

「シズカ、イツモみたいにイイナサイ」

「ああっ……はい…………。静香は……犬に犯されて、感じてます……。オマンコ気持ちいいです……。ワンちゃんのチンポ……最高。チンポ好きっ！　オマンコ大好きっ！」

そうしているうちに、サラと女医も全裸になっていて、各々コリーとシェパードにヒップを向け、剥き出した生ペニスを肉壷に迎え入れ、よがり声を上げていた。

「オオオゥ……アニマルFUCK、サイコウです！」

「うううぅん……もう人間なんかじゃ気持ちよくならないわ！……もっと犯してぇッ！」

そして、静香と郁美を犯していた2匹は、ほぼ同時にスペルマを発射。ペニスの抜けた膣からブシャッと大量の汁が飛び出る。

続けざまに、女医とサラも甘い声を発し、体内に熱いほとばしりを感じてアクメに酔い痴れた。


「わぁ……スゴイです！　ここ、獣姦クラブです」

ケダモノと人間とのおぞましい交わりを直視した美久ちゃん、流石に引いてます。

サラを追ってこの診察室にやって来た探偵団、揃って目が点。

「まさか……うちの病院でこんな集会が……」

「これは……文句無しの変態王だわ。麗香様の王座を譲ってあげようじゃないの」

「あ、悪霊退散！」

部外者の侵入に気付いた女医さん、起き上がって間抜けな声を出しました。

「あら、ユレインじゃない。今日は遅刻？」

そこでユレインは考えた。

(このままではスカトロチームが変態勝負に勝ってしまう。それどころか、泌尿器科が獣医扱いされてしまうわ！　なんとか誤魔化さないと……)

「わ、私たちはグローリーマンションで脱糞した犯人を捜してるんですぅ」

「ダップン？　また下品な話ね」

だが、ユレインの策略を美久が遮った。

「もうウンコなんてどうでもいいです。美久ちゃんワクワク動物王国に興味津々です〜」

「身共も、神に仕える身として見過ごす訳には参りませぬ」

「ダメダメダメダメダメダメ！　私たちの目的はウンコよウンコ！　ダップ〜ンの犯人を追って江戸から長崎へ長い旅路だったんだから、途中で投げ出しちゃダメダメ！」

慌てるユレインを無視して、美久と千明は違う意味で獣姦マニアたちを問い質している。

「麗香はどうなの、麗香は⁉」

麗香は1人、腕を組んで口を結んでいた。

「う〜ん、脱糞だの獣姦だの、この美しい麗香様のいる場所じゃないわね。もう帰ろうかしら？」

くるっと踵《きびす》を返した麗香を見て、ユレインは最後の手段に訴えた。

「あっ、麗香！　今あの年増が、あんたの事ブスの能無しヘタレモデルって言ったわよッ！」

瞬間湯沸し器着火！

「なぁんだとぉ〜、くぉのウイークエンド・ジョイ‼」

突然怒鳴られて、女医さんビックリ。

「誰が一番人気あると思ってんのよこのババァ！　脇役で名前も無いクセしやがってぇッ！」

「なっ………」

カチーンというか、ブッチーンというか、とにかく女医さん今の一言で切れちゃいました。

「人が一番気にしてる事を……！　でもねぇ、脇役って立場を考えたら、人気度は私の方が高いんじゃないかしら!?」

「バカ言うんじゃないわよ！　脇役は脇役！　所詮大部屋よ。エキストラよ。スーパースターの麗香様に話しかけて貰えるだけありがたいと思いなさい！」

「言っとくけど私は2役やってんのよ！　それもこのオモラシ女と。まさかあの掛け合いが1人2役だとは思わなかったでしょ。声優としての技術の違いがお分かりかしら？　オホホホホホホ！」

ゲームをプレイしてない人には分からない話です。

「だからって人気は私がダントツなんだから！」

と、永遠に続くかと思えた女医と麗香の罵《のの》り合いを、静香の咳払《せきばら》いがストップさせた。

「ウン……。あなた方、先程から人気がどうとかおっしゃってますけど……。こんな事は言いたくないんですが。私の声の人気を、どのようにお考えなのかしら？」

まさに、その落ち着き払った声に2人は顔色を変えた。

「私の声を聞きたくて、ソフトを買ってらっしゃるファンの方も多いらしいですねぇ。ウフフフ」

「に、人気の話はよしましょうか」

「そ、そうね……。醜い争いは麗香様には似合わないわ」

実にあっさりと決着がついてしまいました。恐るべし白井《しらい》綾乃《あやの》様。

「という訳で。この中に犯人がいるんでしょ？」

「サラとかいう女が脱糞犯人よ！　って、この巫女が言ったわ」

サラを指差し、麗香がしゃしゃり出る。

「ホワ〜イ？　ワタシ、スカトロマニアじゃありませ〜ん」

「じゃあ、サラさんが飼ってる犬が犯人ですか？」

「お散歩マナーはマモッテま〜す」

「では一体何者が？　神のお告げに誤りはござらぬ」

「それは、ワタシのダディで〜す」

「ダディ？」

突然の告白に、一同は色めき立った。

「サラさんにお父さんがいたなんて初耳です」

「ダディって、いやな予感がするけど……何て名前？」

ユレインに問われて、サラは1枚の名刺を取り出した。

「この人デ～ス」

サラが差し出した名刺。そこにはあの見慣れた文字が並んでいた。〝トイレット博士W・C・ニコルソン〟。

「……このオッサン、野グソ反対派じゃやなかったの？」

「ノグソをケイケンするのもベンキョウだとイッテ、オオキイのをしてコキョウにカエリマ～シタ」

「帰ったぁ⁉」

「うにゃあ、もう日本にいないなんて！」

「折角犯人が分かったのに、既に逃げられていたとは……」

「あ～バカバカしい。無駄骨もいいトコだわ。こんな長時間麗香様を拘束して、ギャランティがいくらすると思ってるの！」

しょうもない結末に、探偵団はドッと脱力していた。

「ソレデハ、みんなでタノシイコトしましょう」

サラの提案に、4人はきょとんとしている。

「楽しむって何するの？」

ここは何のクラブでしたか？　考えなくても分かりますね。

バウワウ！　ワォンワォン！　クゥンクゥンクゥン！　一斉にワンちゃんたちの声が響く。

「あぁぁん、美久ちゃんには大き過ぎるです」

「ギャアアアアッ！　もう入ってる！」

「ああああっ、身共は、神に仕える身。このようなケダモノと……オオオオオオッ」

「あはぁあああああっ……麗香様とＳＥＸ出来るなんて、幸せな犬ね……」

那蛇リンダ泌尿器科には、患者よりもクラブ会員の方がよく出入りするようになり、商売替えも時間の問題のようです。

それにしても、女医さんに名前が付くのはいつの事でしょうか？


〈完〉

※ご注意
本書掲載のイラストは物語とあまり関係ありません。
気にしないでください。

あとがき

さて、あとがきですが、本文とは何の関係も無い女教師のお話です。

女教師モノと言えば、エロ業界、殊に官能小説界においては最大シェアと言える程のタイトル数を誇る、王道中の王道ジャンルであります。キングロード・オブ・キングロードです。

しかるに、それを美少女ゲーム界に目を向けてみるとどうでしょう？　女教師モノのタイトル数だけで雀の涙もないぐらい。しかも、その極僅かにリリースされている作品が、どれもこれも女教師道を逸脱した論外なものばかり。これは一体どうした事でしょう？

その逸脱した内容とは、そもそも女教師とは仮の姿で、実態は秘密諜報部員だとか、某国のお姫様だとか。あるいは、本物の女教師であっても、赴任先が女子校などと言うあきれた設定だったりと、全く形を成してなかったりする。

正業女教師が男子生徒とからむゲーム自体が少ない中、辛うじてそれらをクリアーしている作品があったかと思えば、あろう事かに、憧れの存在でなければならない女教師が、主人公である男子生徒の幼なじみだったりする。

どうして？　なんでそうなるのよ？

それはもう、作者が女教師ファンじゃない。女教師に興味が無い。女教師モノの官能小説なんか読んだ事が無いとしか考えられない。

レベルの低い話をすると、「ツマラナイ」というのは立派な評価な訳です。その「ツマラナイ」とさえ言えない、評価に値しない規定外作品が、何故美少女ゲーム界ではまかり通っているのか？　不思議でなりません（最近『まさるさん』みたいなアダルトアニメ観てTVぶっ壊そうかと思った事がある）。

ちょっと前、地方の局アナから『トゥナイト』のアシスタントに抜擢され、一躍人気者になったお方がいらっしゃいましたが。その本人か所属事務所だか分かりませんが、人気に乗じて調子こいて、写真集出したりVシネマに出演したりと、SEXYタレントに転向して大コケした例があるのを理解してないんですかね。知的なお姉さんとして人気があった彼女のファンが何を望んでいるのか、全く考えずに売り出した結果が、鳴かずと飛ばずのD級タレントですよ。

それと同じ事が女教師モノにも当てはまるでしょう。女教師モノの王道とは何なのか？　極めて簡単な事です。それなのに、美少女ゲームでそれを達成出来たのはたった1本、この夏に『2』が出た『1』の方だけです。それだって無駄にキャラ増やしてるのが見え見えで困った部分がある。

そろそろまともなの作らないと、女教師ファンが暴動起こすよ。

という訳で、いよいよギルティの出番かな？
ギルティはどんな女教師ゲームをつくるのかな？
楽しみだな。

紀元二六六〇年　神無月　吉日

使用中 ~W.C.~

2000年12月20日 初版第1刷発行

著 者 萬屋 MACH
原 作 ギルティ
イラスト 真木 八尋

発行人 久保田 裕
発行所 株式会社パラダイム
〒166-0011 東京都杉並区梅里2-40-19
ワールドビル202
TEL03-5306-6921 FAX03-5306-6923

装 丁 林 雅之
印 刷 ダイヤモンド・グラフィック社

乱丁・落丁はお取り替えいたします。
定価はカバーに表示してあります。
©MACH YOROZUYA ©Will
Printed in Japan 2000

既刊ラインナップ

定価 各860円+税

1 悪夢 ～青い果実の散花～ 原作:スタジオメビウス
2 脅迫 原作:アイル
3 痕 ～きずあと～ 原作:リーフ
4 慾 ～むさぼり～ 原作:May-Be SOFT TRUSE
5 黒の断章 原作:Abogado Powers
6 淫従の堕天使 原作:DISCOVERY
7 Esの方程式 原作:Abogado Powers
8 歪み 原作:May-Be SOFT TRUSE
9 悪夢 第二章 原作:スタジオメビウス
10 瑠璃色の雪 原作:アイル
11 官能教習 原作:テトラテック
12 復讐 原作:クラウド
13 淫Days 原作:ルナーソフト
14 お兄ちゃんへ 原作:ギルティ
15 緊縛の館 原作:XYZ
16 密猟区 原作:ZERO
17 淫内感染 原作:ジックス
18 月光獣 原作:ブルーゲイル

19 告白 原作:ギルティ
20 Xchange 原作:クラウド
21 虜2 原作:ディーオー
22 飼 原作:13cm
23 迷子の気持ち 原作:フォスター
24 ナチュラル ～身も心も～ 原作:フェアリーテール
25 放課後はフィアンセ 原作:スィートバジル
26 骸 ～メスを狙う顎～ 原作:SAGA PLANETS
27 朧月都市 原作:GODDESSレーベル
28 Shift! 原作:Trush
29 いまじねいしょんLOVE 原作:U・Me SOFT
30 ナチュラル ～アナザーストーリー～ 原作:フェアリーテール
31 キミにSteady 原作:ディーオー
32 ディヴァイデッド 原作:シーズウェア
33 紅い瞳のセラフ 原作:Bishop
34 MIND 原作:まんぼうSOFT
35 錬金術の娘 原作:BLACK PACKAGE
36 凌辱 ～好きですか?～ 原作:アイル

37 My dearアレながおじさん 原作:ブルーゲイル
38 狂*師 ～ねらわれた制服～ 原作:クラウド
39 UP! 原作:メイビーソフト
40 魔薬 原作:FLADY
41 臨界点 原作:スィートバジル
42 絶望 ～青い果実の散花～ 原作:スタジオメビウス
43 美しき獲物たちの学園 明日菜編 原作:ミンク
44 淫内感染 ～真夜中のナースコール～ 原作:ジックス
45 My Girl 原作:Jam
46 面会謝絶 原作:シリウス
47 偽善 原作:ダブルクロス
48 美しき獲物たちの学園 由利香編 原作:ミンク
49 せ・ん・せ・い 原作:ディーオー
50 sonnet～心かさねて～ 原作:ブルーゲイル
51 リトルMyメイド 原作:スィートバジル
52 flowers～ココロノハナ～ 原作:CRAFTWORK side・b
53 サナトリウム 原作:ジックス
54 はるあきふゆにないじかん 原作:トラヴュランス

パラダイム出版ホームページ　http://www.parabook.co.jp

55 プレシャスLOVE
原作:BLACK PACKAGE
56 ときめきCheck in!
原作:クラウド
57 散櫻 ～禁断の血族～
原作:シーズウェア
58 Kanon～雪の少女～
原作:Key
59 セデュース ～誘惑～
原作:アクトレス
60 RISE
原作:RISE
61 虚像庭園～少女の散る場所～
原作:BLACK PACKAGE TRY
62 終末の過ごし方
原作:Abogado Powers
63 略奪～緊縛の館 完結編～
原作:XYZ
64 Touchme～恋のおくすり～
原作:ミンク
65 淫内感染2
原作:ジックス
66 加奈～いもうと～
原作:ディーオー
67 PILE・DRIVER
原作:ブルーゲイル
68 Lipstick Adv.EX
原作:フェアリーテール
69 Fresh!
原作:BELL-DA
70 脅迫～終わらない明日～
原作:アイル【チーム・Riva】
71 うつせみ
原作:BLACK PACKAGE
72 Xchange2
原作:クラウド

73 M.E.M.～汚された純潔～
原作:アイル【チーム・ラヴリス】
74 Fu・shi・da・ra
原作:ミンク
75 絶望 ～第二章～
原作:スタジオメビウス
76 Kanon～笑顔の向こう側に～
原作:Key
77 ツグナヒ
原作:ブルーゲイル
78 ねがい
原作:RAM
79 アルバムの中の微笑み
原作:curecube
80 ハーレムレーサー
原作:Jam
81 絶望 ～第三章～
原作:スタジオメビウス
82 淫内感染2～鳴り止まぬナースコール～
原作:ジックス
83 螺旋回廊
原作:ruf
84 Kanon～少女の檻～
原作:Key
85 夜勤病棟
原作:ミンク
86 使用済～CONDOM～
原作:ギルティ
87 真・瑠璃色の雪～ふりむけば隣に～
原作:アイル【チーム・Riva】
88 Treating 2U
原作:ブルーゲイル
89 尽くしてあげちゃう
原作:トラヴュランス
90 Kanon～the fox and the grapes～
原作:Key

91 もう好きにしてください
原作:システムロゼ
92 同心～三姉妹のエチュード～
原作:クラウド
93 あめいろの季節
原作:ジックス
94 Kanon～日溜まりの街～
原作:Key
95 贖罪の教室
原作:ruf
97 帝都のユリ
原作:スィートバジル
98 Aries
原作:サーカス
99 LoveMate～恋のリハーサル～
原作:ミンク
101 プリンセスメモリー
原作:カクテル・ソフト
102 ぺろぺろCandy2 Lovely Angels
原作:ミンク
103 夜勤病棟 ～堕天使たちの集中治療～
原作:ミンク
106 使用中～W.C.～
原作:ギルティ

好評発売中!

〈パラダイムノベルス新刊予定〉

☆話題の作品がぞくぞく登場！

96. Natural《ナチュラル》 2 ~DUO~

千紗都 編

フェアリーテール　原作

清水マリコ　著

幼い頃いっしょにすごした双子の従妹、千紗都と空。身寄りをなくした彼女たちと、再び暮らすことになるが…。

105. 悪戯Ⅲ

インターハート　原作

平手すなお　著

勝彦は電車「下の手線」での痴漢の常習犯。ひょんなことから知り合った少女に、ある女に悪戯をしてくれという相談を受ける。

110. Bible Black

アクティブ　原作

雑賀匡　著

多喜は学園の地下室で、一冊の古ぼけた魔術書を手に入れる。それは12年前、学園に殺人事件を呼んだ、悪魔の魔術書だった！